Zuidenwind

Van dezelfde auteur

All-inclusive
De vlucht
Zomertijd
Cruise
Après-ski
De suite
Zwarte piste
Bella Italia
Noorderlicht
Bon Bini Beach
Het chalet
Route du soleil
Winterberg
Goudkust
Mont Blanc
Costa del Sol
Sneeuwengelen
Hittegolf
Lawinegevaar
Het paradijs
Winternacht
Super de luxe
IJskoud
Het strandhuis

Volg Suzanne Vermeer op:
Facebook.com/SuzanneVermeerFanpage
www.suzannevermeer.nl
www.awbruna.nl

Suzanne Vermeer

Zuidenwind

A.W. Bruna Uitgevers

© 2019 Suzanne Vermeer
© 2019 A.W. Bruna Uitgevers, Amsterdam

Omslagbeeld
© Wil Immink Design
Omslagontwerp
Wil Immink Design

ISBN 978 94 005 1012 8
NUR 332

Tweede druk, september 2019

Behoudens de in of krachtens de Auteurswet van 1912 gestelde uitzonderingen mag niets uit deze uitgave worden verveelvoudigd, opgeslagen in een geautomatiseerd gegevensbestand, of openbaar gemaakt, in enige vorm of op enige wijze, hetzij elektronisch, mechanisch, door fotokopieën, opnamen of enige andere manier, zonder voorafgaande schriftelijke toestemming van de uitgever. Voor zover het maken van reprografische verveelvoudigingen uit deze uitgave is toegestaan op grond van artikel 16 h Auteurswet 1912 dient men de daarvoor wettelijk verschuldigde vergoedingen te voldoen aan Stichting Reprorecht (Postbus 3060, 2130 KB Hoofddorp, www.reprorecht.nl). Voor het overnemen van gedeelte(n) uit deze uitgave in bloemlezingen, readers en andere compilatiewerken (artikel 16 Auteurswet 1912) kan men zich wenden tot de Stichting PRO (Stichting Publicatie- en Reproductierechten Organisatie, Postbus 3060, 2130 KB Hoofddorp, www.cedar.nl/pro).

Toen

Benidorm – juli 1988

Ken je dat gevoel? Dat gevoel dat iets voorbestemd is? Twee mensen die bij elkaar horen omdat het nu eenmaal zo is. Soms heeft een van de twee het eerder door en moet het bij de ander nog rijpen. Maar dat ze samenkomen, dat staat buiten kijf. Als het lot bepaalt dat iets moet gebeuren, dan regelt het lot dat. Drastische maatregelen worden niet geschuwd.

Ik moet erop vertrouwen dat het goed komt. Dat Tom uiteindelijk inziet dat ik veel beter bij hem pas dan Marjolein. Mooie Marjolein. Kijk haar nou staan op de dansvloer. Haar slanke lichaam beweegt sierlijk en ritmisch op de muziek. De discolampen die haar gezicht schampen, geven haar iets engelachtigs. Leggen een klein stukje bloot van haar kleurrijke karakter. Iedereen wil Marjolein zijn. Ik ook. Marjolein, mijn beste vriendin. Ik houd van haar en ik haat haar tegelijkertijd. Ik houd van haar als we samen zijn, ik haat haar als ze met Tom is. Ze weet dat ik smoorverliefd op hem ben, maar toch kon ze niet van hem afblijven. 'Het gebeurde gewoon,' was haar enige excuus. Ze kan iedereen krijgen die ze wil, ze heeft de jongens voor het uitkiezen, maar ze wilde Tom.

'Peter-Jan heeft een oogje op je, Nicole,' zei ze met een

knipoog vlak voordat we met ons vriendenclubje van acht in de bus naar Benidorm stapten. We hadden allemaal ons eindexamen havo gehaald en het was tijd om te feesten.

'Wie weet gebeurt er wel wat tussen jullie de komende week.'

Ik trok een gezicht als een oorwurm. 'Peter-Jan. Hou eens op. Aardige jongen, hoor, maar dat is toch helemaal niets voor mij. Hij is sááí.'

'Hij is een beetje rustig, maar best knap. Wedden dat hij een beest in bed is?'

'Gatver, ik moet er niet aan denken.'

'Je moet er ook niet aan denken,' zei ze gniffelend, 'je moet het doen!'

Het schaamrood steeg me naar de kaken en ik keek verlegen weg.

'Voor alles is een eerste keer en deze week gaat het voor jou gebeuren. Dat ga ik persoonlijk voor je regelen.' Marjolein ritste een zijvakje van haar tas open dat vol zat met condooms. 'Ik heb er voor jou ook een paar meegenomen.'

Ik grimaste en voelde een steek van jaloezie toen ik dacht aan wat er met al die andere condooms ging gebeuren. Beelden van een innig verstrengelde Marjolein en Tom schoten door mijn hoofd. Ik wilde er niet naar kijken, maar ik kon de gedachte eraan niet stopzetten. Een paar weken geleden nog vroeg Marjolein of ik nog steeds verliefd was op Tom. Natuurlijk heb ik dat ontkend. Ik denk dat ze met Tom over me praat. Hij kijkt me af en toe op een bepaalde manier aan, maar niet op de manier die ik zou willen. Alsof hij medelijden met me heeft.

Ik kijk de discotheek rond op zoek naar de anderen. Tom, in tegenstelling tot Marjolein, vind je zelden op de dansvloer – hij staat te kletsen met Mike, allebei met een biertje in de hand. Ik begrijp niet hoe zo'n aardige jongen beste vrienden kan zijn met zo iemand als Mike. Ik mag Mike niet. Hij is een hork, drinkt te veel en heeft altijd een grote mond. 'Grote bek, klein hartje,' zegt Marjolein altijd, maar ik kan dat kleine hartje maar niet ontdekken. Een paar meter links van hen staat Sander, de versierder van ons clubje, met een meisje te kletsen. Hij is een lekker ding en dat weet hij, en hij maakt er ook grif gebruik van. Ze zeggen dat hij een boekje heeft waarin hij bijhoudt met welke meisjes hij naar bed is geweest. Het zal wel. De andere twee meiden van ons clubje van acht, Joyce en Sarina, lopen gearmd langs me heen richting het toilet. Die twee kunnen niets zonder elkaar, wat ook wel weer apart is. De een een echt feestbeest, de ander de ultieme sportieveling. Ik ben benieuwd hoe het ons zal vergaan als we uitwaaieren over het land om te gaan studeren. Blijven we net zo hecht als we elkaar niet meer dagelijks zien? Of gaan de verschillen en kleine ergernissen ons uit elkaar drijven? Op de een of andere manier voelt deze gezamenlijke vakantie als een soort afscheid en dat maakt me verdrietig. Het voelt fijn om ergens bij te horen, onderdeel van een geheel te zijn. In mijn eentje voel ik me kwetsbaar.

'Sta je weer te mijmeren?'

Ik was even zo diep in gedachten verzonken dat ik niet

eens doorhad dat Marjolein de dansvloer heeft verlaten en nu voor mijn neus staat.

'Kom, drink je glas leeg en ga mee dansen! De muziek is echt te gek.'

Ze pakt mijn hand en sleurt me mee. Ik verzet me niet. Niemand zegt nee tegen Marjolein. Haar blonde krullen dansen over haar schouders en ze steekt haar armen uitgelaten in de lucht als ze meezingt met haar favoriete nummer: 'The Time of My Life' van Bill Medley en Jennifer Warnes. Een vent die achter haar staat slaat zijn arm om haar buik en duwt zijn heupen tegen haar kont, alsof hij Johnny uit *Dirty Dancing* is. Ik verwacht dat ze hem van zich af zal duwen, maar ze legt haar hand op zijn arm en beweegt haar heupen verleidelijk mee met die van hem. Vanuit mijn ooghoeken kijk ik naar Tom, die niet in de gaten heeft dat zijn vriendin staat te sjansen met een andere, veel oudere kerel. Een kerel die haar nu in haar nek staat te zoenen. Ik werp Marjolein een waar-ben-je-nou-mee-bezig-blik toe en ze kijkt me triomfantelijk lachend aan. Ze geniet hiervan. Van de spanning, de uitdaging, de aandacht. Mannen zijn voor haar speeltjes die je niet te lang bij je moet houden. Inwisselbaar en rijp voor vervanging, zoals kauwgom waar de smaak vanaf is. Waarom gunt ze mij Tom niet? Ze weet dat Tom ook slechts tijdelijk is, dat ze niet met hem gaat trouwen. Dat zei ze vorige week nog.

Op dat moment komt Tom met grote passen de dansvloer op lopen. Zijn gezicht staat grimmig als hij de man met wie Marjolein staat te sjansen van haar af duwt en hem te verstaan geeft dat hij moet opsodemieteren. Aan de glans in Marjoleins ogen zie ik dat ze ervan geniet. Ze vindt het heerlijk als er om haar gevochten wordt. Net zo makkelijk hangt ze weer bij Tom om zijn hals en probeert hem te zoenen. Hij duwt haar weg en haar gezicht betrekt als ze zich realiseert dat ze te ver is gegaan. Ik kan niet verstaan wat ze tegen Tom zegt, maar het ziet er smekend uit. De andere man komt weer dichterbij en bemoeit zich ermee. Er ligt een gevaarlijke blik in zijn ogen als hij Marjolein in haar billen knijpt. Ze mept naar achteren, maar dat lijkt hem alleen maar op te winden. Tom staat duidelijk in dubio. Hij wil Marjolein beschermen, maar heeft geen zin in een vechtpartij met een vent die een kop groter is dan hij. Dan zie ik dat mensen aan de kant worden geduwd door Mike. Hij loopt op het groepje af en haalt zonder aarzelen uit naar Marjoleins belager. Zijn vuist raakt de man vol op de neus en het bloed spuit eruit. Hij doet wankelend een paar stappen naar achteren, maar Mike is niet van plan hem te laten ontsnappen. Een combinatie van vuistslagen daalt op het gezicht van de man neer. Er wordt gegild en de omstanders maken zich uit de voeten, terwijl twee uitsmijters zich door de mensenmassa heen worstelen om de vechtende partijen uit elkaar te halen.

Ik maak gebruik van het moment van verbazing en chaos en trek Marjolein tussen de mannen uit. Dankbaar volgt ze me naar het toilet. Ik zie dat er twee hokjes bezet zijn en dat twee vrouwen hun make-up staan bij te werken voor de grote spiegel die boven de wasbakken hangt. Maar het kan me niet schelen dat we niet alleen zijn, ik kan me niet langer inhouden.

'Waarom doe je dat nou?' geef ik Marjolein de wind van voren. 'Waar ben je in godsnaam mee bezig?'

'Waar heb je het over? Ik was gewoon wat aan het dansen.'

'Nee, dat was je niet! Is Tom niet genoeg voor je? Als dat zo is, laat hem dan gaan.'

'Zodat jij hem kunt hebben zeker? Zet hem nou maar uit je hoofd. Hij is van mij.'

Ik besluit niet in te gaan op haar beschuldiging. 'Heb je niet door dat je jezelf nog eens serieus in de problemen brengt met je gedrag? Tot nu toe is er altijd wel iemand geweest die je uit de penarie heeft geholpen, maar er komt een dag dat je de verkeerde tegen het lijf loopt en je er alleen voor staat. En dan? Je zult niet de eerste zijn die verkracht wordt. Of erger.'

Ineens begint ze keihard te huilen. Geschrokken wil ik een arm om haar heen slaan, maar ze weert me af.

'Sorry, Marjolein, ik maak me gewoon zorgen om je. Wees alsjeblieft een beetje voorzichtiger.'

Ze kijkt me boos aan. 'Wat weet jij nou helemaal? Je begrijpt er niks van.'

'Waar heb je het over? Wat moet ik weten en waar begrijp ik niks van?'

Zonder te antwoorden draait ze zich om en rent het toilet uit. Ik blijf beduusd achter en voel de ogen van de andere aanwezige vrouwen in mijn rug prikken. '*The show is over*,' bijt ik ze toe terwijl ik mijn vriendin achternaloop.

Ik zie Marjolein met betraande ogen bij Tom en Mike staan. Ze zoekt toenadering bij Tom. Vliegt hem om zijn nek en probeert hem te zoenen. Hij draait zijn hoofd weg en haalt haar dwingende armen van zijn nek. Houdt haar polsen stevig vast. Marjoleins gezicht betrekt, eerst van verbazing, dan van woede. Ze rukt zich los en geeft hem een zet. Mike moet lachen. *Moet ik ingrijpen of moet ik ze dit zelf laten uitvechten?* Marjolein geeft me niet eens de kans om de held uit te hangen en loopt weg. Tom volgt haar niet, drinkt zijn glas bier in een paar teugen leeg en bestelt een nieuwe. Ook Mike maakt geen aanstalten om achter Marjolein aan te gaan.

Ik baan me een weg door de dansende en flirtende mensenmassa. Lampen flitsen voor mijn ogen, een arm strijkt te dicht langs mijn borsten, maar ik maak me er niet druk om. Ik zie Marjolein niet. Waar is ze gebleven? Het zit me niet lekker dat ze overstuur en aangeschoten is vertrokken, en ik ren naar de uitgang. Laat de portier een foto van mijn beste vriendin zien en vraag in mijn beste Engels of hij haar heeft gezien. Hij bevestigt dat ze naar buiten is gegaan.

'Alleen?'

'Nee, er was een man bij haar. Of in elk geval ging hij vlak na haar naar buiten.'

Ik beschrijf de vent die haar lastigviel op de dansvloer en hij knikt.

'Zou kunnen, ja.'

Shit, daar heb je het al. *Je vraagt er verdomme ook om*, denk ik, maar ik ben eerder bezorgd dan boos. Ik schiet langs de portier heen naar buiten en speur de omgeving af. In de verte rijdt een taxi weg. Geen Marjolein. Zit ze in die taxi? Voor de zekerheid prent ik het kenteken in mijn geheugen. Een groepje hitsige jongens fluit naar me en roept iets in het Spaans. Een van hen maakt zich los uit de groep en komt me achterna terwijl hij zoengeluidjes maakt.

'*¿Vas a casa conmigo, bebe?*'

Hoewel ik er geen woord van versta, kan ik wel raden wat hij zegt en ineens raak ik in paniek. Ik ben hier helemaal alleen – Tom, Mike en de anderen weten niet dat ik naar buiten ben gegaan en ze zullen me niet zo snel missen. Shit, waarom doet Marjolein dan ook zo stom? Waarom moet ze dan ook zo nodig midden in de nacht op straat gaan rondzwerven? Nu zit ik met de gebakken peren en ik voel me echt helemaal niet op mijn gemak hier in mijn eentje.

Ik draai me om, ren terug naar de discotheek en laat het stempeltje op mijn pols aan de portier zien. Hij knikt en laat me binnen. Hijgend loop ik de broeierige feesttent weer in.

Zoek het ook maar uit, Marjolein, ik pas ervoor om mezelf in gevaar te brengen.

1

Iris keek naar het strakke, vermoeide gezicht van haar moeder. De kringen onder haar moeders ogen waren de laatste tijd alleen maar donkerder geworden. Of misschien leek dat zo omdat haar huid zo bleek was. Haar moeder had de laatste weken weer een enorme hoeveelheid nachtdiensten in het ziekenhuis gedraaid en geen zonnestraaltje gezien. Iris' eigen, toch al licht getinte huid vanwege haar Indische achtergrond, vertoonde al een lekker kleurtje. Ze fietsten zwijgend naast elkaar op het summier verlichte fietspad dat door de polder slingerde richting het kunstenaarsdorp Bergen. Vanavond was het Lichtjesavond en hadden de inwoners van het dorp hun huizen, tuinen en de openbare ruimte traditioneel versierd met elektrische lampjes, lampionnen, kaarsen en jampotten met waxinelichtjes. Hoogtepunt was de gekleurde fontein van de brandweer bij het Hertenkamp. De eerste keer dat Iris het zag, was ze diep onder de indruk geweest van de sprookjesachtige sfeer die de sluier van licht over het dorp wierp. Inmiddels deed het haar niet zoveel meer. Toen was ze elf, nu eenentwintig. Het leven ging door, interesses veranderden, het avontuur lonkte. De wereld was groter dan Bergen, Noord-Holland, maar toch was ze hier weer terug.

Vanmiddag was Iris samen met haar moeder aangekomen op boerencamping Jonker, waar ze nu voor het tiende achtereenvolgende jaar een kampeerplek huurden. Het tiende jaar! Eigenlijk had ze voor dit jaar andere plannen gehad. Ze wilde samen met haar vriendinnen naar de zon reizen. Ze had er zelfs een extra baantje voor genomen om het te kunnen betalen. Maar toen ze haar moeder voorzichtig vertelde over haar plannen, stortte die helemaal in. Ze had het kunnen weten, want rond deze tijd van het jaar was haar moeder altijd bijzonder emotioneel. Zodra het over de zomervakantie ging, speelden herinneringen aan wat er ooit tijdens een vakantie in Spanje met een vriendin van haar was gebeurd haar parten. Vooral na haar vaders dood viel de naam Marjolein regelmatig. Iris had dat nooit zo goed begrepen, zeker niet omdat haar moeder het er voor die tijd nooit over had gehad. Iris wist niet eens hoe de vriendin van haar moeder eruit had gezien, want nergens in huis was een foto van haar te vinden.

Ook de tweede keer dat Iris had laten vallen dat ze eigenlijk met haar vriendinnen op vakantie wilde en niet met haar moeder, had dat gedoe opgeleverd.

'Dat geld dat je verdient met je extra baantje kun je ook in de huishoudpot stoppen. Ik werk me drie slagen in de rondte om alle eindjes aan elkaar te knopen, heb geen minuut vrije tijd...'

'Laat maar weer.'

'Hoe moeten we je vader samen gedenken als jij er niet bent? Het is dit jaar wel tien jaar geleden, hè.'

'Trek de emotionele chantagekaart maar,' had Iris gemompeld.

'Niet zo'n grote mond, jongedame.'

'Mam, wanneer besef je nou eens dat ik geen kind meer ben? Ik ben eenentwintig, dat betekent volwassen. De tijd staat niet stil en ik ook niet. Het spijt me, maar ik wil niet net als jij worden.'

'En hoe is dat dan?'

'Verbitterd, levend in het verleden, vasthoudend aan dingen die er niet meer zijn. Als jij slachtoffer wilt blijven, dan moet je dat zelf weten, maar ik heb het gehad. Ik wil daar niet langer onderdeel van zijn.'

Toen ze de tranen in haar moeders ogen zag springen, had ze alweer spijt van haar woorden. Ze meende elk woord dat ze gezegd had, maar het was duidelijk dat ze haar moeder er enorm mee had gekwetst.

'Ik mis papa ook,' zei ze zachtjes. 'Dat zal nooit overgaan.'

'Het leven is gewoon nooit meer hetzelfde geworden zonder Tom. Hij was de ware voor me. En Marjolein... Ik heb twee grote verliezen geleden in mijn leven en ik kan daar nu eenmaal niet zomaar overheen stappen.'

'Dertig en tien jaar geleden, mam. Dat is niet "zomaar". Misschien is het goed als je eens met iemand gaat praten? Ik kan niet voor eeuwig je hand vast blijven houden.'

Jij bent mijn moeder, ik niet de jouwe.

'Dus dát is hoe je het ziet? Dat je de hand van je labiele moeder moet vasthouden omdat ze niet in staat is om voor zichzelf te zorgen?'

Er had woede en frustratie doorgeklonken in haar moeders stem en Iris had de discussie afgekapt.

'Ga eerst maar eens een paar uur slapen en dan praten we

op een ander moment verder, oké? Ik zie dat je moe bent.'

Ze had haar moeder een kus gegeven en was vertrokken om een middagdienst te draaien in het eetcafé waar ze sinds een halfjaar werkte. Fietsend in de regen had ze besloten dat ze nog één keer mee zou gaan naar Bergen. Om het tienjarig jubileum van haar vaders dood te herdenken. Ze kon het niet maken om haar moeder juist dit jaar alleen te laten. Maar het was echt de laatste keer. Ze kon het niet meer opbrengen.

Hoe dichter de dag van vertrek naderde, hoe meer weerstand Iris had gevoeld. Hoe moest ze die week doorkomen? Het zeeaquarium, het Klimduin in Schoorl, de kaasmarkt in Alkmaar, Lichtjesavond, koffie met appelgebak in een strandtent, het geputs met half geblakerd vlees op een wegwerpbarbecue. *Been there, done that, seen it all*. En dan had ze het nog niet eens over dat geklooi met die tent die al jaren aan vervanging toe was, in de naden een beetje begon te lekken, de geur van de rondlopende boerderijdieren leek te absorberen en eigenlijk te klein was voor twee volwassen vrouwen. Maar ze had zich eroverheen weten te zetten en was die middag toch in de oude, door de zon verkleurde Suzuki Alto van haar moeder gestapt om naar Bergen te rijden, waar de begroeting op de camping even hartelijk als altijd was geweest. In gedachten had ze haar mouwen opgestroopt – ze was hier nu eenmaal en moest er maar weer het beste van maken – maar toen de schemering begon in te vallen en haar moeder aankondigde te willen vertrekken naar het dorp, had ze een zucht van frustratie niet kunnen onderdrukken. Het liefst was ze met een luisterboek op haar opblaasmatras gaan liggen. Ogen dicht terwijl ze zichzelf liet meevoeren door een vreemde stem in een spannend verhaal. Want dat was wat haar eigen leven miste: spanning. Elke dag leek wel hetzelfde en dat was niet meer genoeg. Maar ze had haar stille wens ingeslikt en was braaf op haar fiets gestapt. Niet meegaan naar Lichtjesavond was geen optie. Er moest een kaars aan worden gestoken voor haar vader. Tussen al die flakkerende vlammetjes mocht het vlammetje van haar vader niet ontbreken, was de jaarlijkse tekst van haar moeder.

Bij de tent een kaarsje branden was voor Iris ook prima geweest. Het ging om het idee, toch? Maar haar moeder wilde daar niets van weten. De kaars met foto van haar vader moest en zou in Bergen tot ontbranding worden gebracht. Kunstenaarsdorp Bergen, want haar vader was ook kunstenaar geweest. Dat hij zijn gezin er niet mee had kunnen onderhouden en hen na zijn dood zelfs met schulden had achtergelaten, deed er blijkbaar niet toe. Dat zijn schilderijen niet heel bijzonder waren ook niet. Vooral zijn serie 'De zee geeft en neemt' had Iris niet begrepen. Tien schilderijen die in haar ogen allemaal op elkaar leken, maar volgens haar moeder een briljante weergave waren van de zee in al haar facetten.

Ze naderden het dorp en Iris probeerde de herinneringen aan de moeizame afgelopen weken uit haar hoofd te zetten. Het maakte de sfeer er niet beter op. In de verte zag ze de eerste slingers van ijzerdraad met oranje lampionnen al die tussen bomen en lantaarnpalen waren gespannen. Vanuit haar ooghoeken keek ze naar de fietstas waar haar moeder de kaars met de foto van haar vader in vervoerde. *Gelukkig had hij geen kort lontje*, grapte ze in zichzelf. *Dat maakt het aansteken een stuk simpeler.* Het was toch jammer dat ze hem niet meer kon vragen wat hij van het dwangmatige gedenkgedrag van haar moeder vond. Net zoals het moeilijk was dat ze niks meer met hem kon delen. Dat ze voor hem altijd een elfjarig meisje was gebleven.

'Nou, we zijn in elk geval droog overgekomen,' zei haar moeder, terwijl ze hijgend van haar fiets stapte. Iris liep langs haar heen, zette haar fiets in het rek aan de rand van het dorp en wachtte geduldig tot haar moeder de hare ernaast had geplaatst. Terwijl zij het kettingslot om de fietsen legde, pakte haar moeder de kaars en de extra lange lucifers en drukte ze tegen haar borst alsof het een pasgeboren baby was. Met een strijdbaar gezicht liep ze vervolgens het dorp in. Ze had een missie en Iris slenterde erachteraan terwijl ze nauwelijks om zich heen keek naar alle flakkerende vlammetjes en andere zorgvuldig aangebrachte versiering.

Ze waren halverwege de Dorpsstraat toen ineens van de andere kant van de straat een stem klonk. 'Nicole? Nicole de Bruyn?'

Een politieagent kwam op hen aflopen.

'O, o, mam,' zei Iris. 'Nooit een goed teken als de politie je bij naam kent.' Maar haar moeder hoorde haar niet.

'Peter-Jan? Wat doe jij nou hier?' hoorde ze haar zeggen.

De agent zette zijn pet af en keek haar moeder verlegen aan. 'Ik woon hier sinds een paar weken. Ik werk hier in de regio, ben overgeplaatst uit Rotterdam.'

'Goh. En gaat het goed met je?'

'Ja hoor. Je ziet er goed uit, Nicole.' Weer die wat voorzichtige blik, alsof hij bang was haar aan te kijken.

'Nou, dank je wel. Dit is mijn dochter Iris. De dochter van Tom en mij.'

'Dag,' zei hij en hij stak zijn hand uit. 'Ik ben Peter-Jan van der Horst.'

'Hoi, Iris Pieters. Aangenaam.' Ze was enigszins verrast door zijn stevige handdruk; ze had het niet verwacht van de enigszins timide ogende agent.

Hij richtte zich weer tot haar moeder. 'Hoe is het met Tom?'

'O, weet je dat niet? Tom is overleden. Tien jaar geleden al.'

Geschrokken keek hij haar aan. 'Allemachtig, wat verschrikkelijk. Sorry, dat wist ik helemaal niet. Ik heb alleen met Sander nog weleens contact, maar de rest...'

'Het geeft niet. Na Benidorm, na Marjolein is alles verwaterd. Ik spreek ook al jaren niemand meer.'

'Ja, zo gaat dat. Toch wel jammer.'

'Nou, leuk om je weer eens gezien te hebben, Peter-Jan. Als je het niet erg vindt...'

'Nee, natuurlijk. Ik moet ook weer aan het werk. Misschien kunnen we eens afspreken? Om bij te praten? Als je dat leuk vindt tenminste.'

'Doen we een keer.'

Hij viste een visitekaartje uit zijn broekzak en haar moeder keek ernaar.

'Nou, nou, wijkagent.' Ze stak het achteloos in haar zak. 'We bellen.'

'Ja, we bellen.' Hij maakte een belgebaar met zijn hand. Toen hij verder geen reactie kreeg, zette hij zijn pet weer op en liep weg.

'Wie was dat?' fluisterde Iris.

'O, oud-klasgenootje. Hij was mee naar Benidorm toen Marjolein... Hij was vroeger een beetje verliefd op me.'

'Nou, als je het mij vraagt is hij dat nog steeds. Hij leek wel een verlegen puber.'

'Peter-Jan heeft nooit uitgeblonken in zelfvertrouwen. Aardige vent, hoor, maar niet mijn type. Beetje te soft.'

'Nou, papa was ook niet bepaald stoer met zijn geschilder.'

'Vroeger wel. Toen was je vader een van de meest gewilde jongens op school.'

'Was hij ook mee naar Benidorm?'

'Peter-Jan? Ja, dat zeg ik toch net.'

'Nee, papa.'

'Ja, papa was ook mee.'

'Dat heb je nooit verteld!'

'Was niet belangrijk.'

'Is daar de vonk tussen jullie overgeslagen?'

'Nee, veel later pas. In Benidorm was je vader...'

Haar moeder maakte haar zin niet af.

'Was papa wat?'

Het bleef stil en Iris keek haar vragend aan. 'Mam?'

Haar moeder zuchtte. 'Hij had toen verkering met Marjolein.'

2

'Wát? Waarom heb je me dat nooit verteld?'
'Gewoon, omdat het niet ter sprake kwam.'
'Hoezo niet? Je hebt het zo vaak over haar.'
'Nou, het zal wel te maken hebben met het feit dat het allemaal te pijnlijk is. Alles wat toen in Benidorm is gebeurd... Ik kan er nog steeds niet goed over praten, dat weet je.'

Benidorm. Altijd maar weer Benidorm. Zodra het ter sprake kwam sloeg haar moeder dicht. Vorige week was het dertig jaar geleden dat haar moeders beste vriendin Marjolein tijdens hun vakantie in Spanje was verdronken. Haar kleren, schoenen, tas en portemonnee waren op het strand gevonden, haar lichaam was nooit aangespoeld. Meegenomen door de zee en nooit meer teruggegeven. Er waren geen aanwijzingen gevonden voor een misdrijf, dus de politie had geconcludeerd dat Marjolein was gaan zwemmen en was verdronken. Dat ze alcohol had gedronken, zoals haar vrienden hadden verklaard, had de politie gesterkt in haar conclusie. Haar moeder kampte nog steeds met een enorm schuldgevoel omdat ze ruzie had gehad met Marjolein vlak voordat ze de discotheek uit was gerend. 'Ik ben haar wel achternagegaan, maar ik had beter moeten zoeken. Als ik dat had gedaan, was ze nooit verdronken.' Waarover die ruzie ging, had haar moeder nooit willen vertellen.

'Mam, waarom heb je me nooit willen zeggen dat papa...'

'Kunnen we het hier een andere keer over hebben, Iris? We zijn hier om je vader te gedenken, daar wil ik me graag op focussen. Zou je dat kunnen opbrengen?'

Iris zweeg. Het had geen zin om een discussie met haar moeder aan te gaan als ze eenmaal haar hakken in het zand had gezet.

'Kom, we gaan een mooi plekje uitzoeken om onze kaars neer te zetten.' Haar moeder wachtte niet op Iris' antwoord en liep door. Bij een pleintje waar een hart van glaasjes met waxinelichtjes was uitgestald, stopte ze. Ze zette de kaars in het midden van het hart en stak een lange lucifer aan.

'Kom, je hand.'

Iris zuchtte en pakte het uiteinde van de lucifer tussen duim en wijsvinger. Samen met haar moeder bracht ze het vuur naar de lont en hield het daar tot er een mooie grote vlam verscheen. Tevreden blies haar moeder de lucifer uit. *Eén-twee-drie*, telde Iris in gedachten en ja hoor, daar kwamen de tranen. Een paar omstanders keken vreemd op.

'We herdenken mijn dode vader,' snauwde ze hun toe, terwijl ze beschermend haar arm om haar moeder heen sloeg.

Vlug liepen de omstanders verder, maar één persoon bleef staan. *Sommige mensen hebben echt een plaat voor hun kop*, dacht Iris, en ze was van plan er nog een venijnige opmerking achteraan te gooien, toen ze zag hoe knap de man was. Donker haar, in een vlot kapsel, groene ogen met lichte irissen, hoekige kaaklijn met ronde kin. Hij keek haar recht aan en ze staarde terug terwijl hij op haar afliep. Handen in de zakken van zijn halflange zwarte jas van scheerwol.

'Mijn excuses dat ik stond te staren,' zei hij. 'Ik wilde jullie niet storen, maar het was zo'n mooi moment dat ik er ontroerd door raakte.'

Zijn woorden waren niet accentloos, alsof hij gewend was een andere voertaal te gebruiken. Iris keek hem nog steeds aan, niet in staat iets terug te zeggen.

'Ik zal jullie verder met rust laten.'

'Gee... ni...' Haar gefluister was amper hoorbaar en ze schraapte haar keel en deed een nieuwe poging. 'Het geeft niet,' klonk het nu een stuk luider.

Hij glimlachte naar haar. 'Zei je dat het om je vader ging? Dat hij is overleden?'

Ze knikte.

'Dat spijt me voor je. Ik weet hoe het voelt.' Hij keek naar de fotokaars. 'Is dat hem?'

'Ja.'

Hij boog zich vooroover en nam haar vaders gezicht goed in zich op. 'Knappe man. Van Indische afkomst?'

'Ja.'

'Hij ziet er vriendelijk uit.'

'Dat was hij ook. Maar hij was zoveel meer dan dat,' mengde haar moeder zich met bibberende stem in het gesprek. De tranen stonden nog in haar ogen.

De man draaide zich naar haar toe. 'Is het lang geleden?'

'Vandaag tien jaar, maar het voelt als gisteren. Je kunt je

gewoon niet voorstellen hoeveel ik hem mis. Hij was echt mijn zielsverwant, zo'n liefde die je maar één keer in je leven tegenkomt, en als je die dan verliest... Die pijn is gewoon onbeschrijflijk en...'

Iris vervloekte in stilte haar moeder die het gesprek naar zich toe trok. Die man had háár toch in eerste instantie aangesproken! Ze wenste vurig dat haar moeder haar mond verder hield, maar die leek geen aanstalten te maken om Iris haar zin te geven en begon aan een minutenlange monoloog over hoe zwaar de afgelopen tien jaren waren geweest.

'... en toen hij overleed, stond ik er dus helemaal alleen voor.'

Na wat een eeuwigheid leek was het relaas dan toch tot een einde gekomen.

'Wat erg voor u. Voor jullie.' De blik van de man verschoof weer naar Iris.

Oké, nu zijn aandacht vasthouden.

'Wat bedoelde je precies met dat je weet hoe het voelt?' vroeg ze.

'Ik heb ook geen vader meer. Hij overleed een aantal jaar geleden.'

Ze wist niet wat ze hierop moest zeggen en knikte ongemakkelijk.

'Ik zal me trouwens even voorstellen. Mijn naam is Patrick Schneider.' Hij stak haar een middelgrote hand toe met keurig geknipte nagels. Geen hand die op een boerencamping een tent opzette, maar eerder een die 's ochtends een versgebakken croissantje pakte van het ontbijtbuffet van een duur hotel. Iris moest haar best doen om hem niet te gretig aan te pakken. Haar vingers sloten zich om de zachte, soepele huid. Lange vingers, weinig beharing.

'En jij bent?'

'O, eh, Iris.'

'Mag ik je moeder ook een hand geven?' vroeg hij geamuseerd, toen ze zijn hand bleef vasthouden. Van schrik liet ze hem meteen los.

'Sorry.'

Hij knipoogde naar haar en stelde zich voor aan haar moeder.

'Nicole Pieters, aangenaam,' zei haar moeder snotterend, terwijl ze met een zakdoek haar tranen droogde. 'Ben je hier op vakantie?'

'Ja, en een beetje voor zaken.'

'O.' De reactie van haar moeder klonk ronduit verveeld en Iris kon wel door de grond zakken van schaamte. Haar moeder had geen enkele interesse in 'zaken' en deed geen enkele moeite om dit te verbloemen. Luid en duidelijk, maar beleefd was anders.

'Wat voor zaken?' vroeg Iris daarom maar in haar plaats.

'Dat vind je vast niet interessant.'

'Dat weet je pas als je het me hebt verteld.'

'Daar heb je gelijk in. Ik woon en werk in Zwitserland en ben bezig een Nederlands filiaal van mijn ICT-bedrijf te openen in Amsterdam. De komende week neem ik even pauze om wat te genieten van de zee. De directeur vond het goed. O, wacht even, dat ben ik zelf.'

Hij lachte om zijn eigen grapje. Iris vond het eigenlijk

een suffe opmerking, maar uit zijn mond... Hij kwam ermee weg. Maar kennelijk realiseerde hij zich dat het misschien wat raar was om om je eigen grapje te lachen, want hij hield abrupt op.

'Enfin, zoals ik al zei: niet echt interessant dus.'

'Nou, ik vind dat wel mee...'

'Zullen we weer gaan, Iris?' onderbrak haar moeder haar op dwingende toon.

Iris keek haar boos aan. Ze kon af en toe zo bot zijn.

Patrick schraapte zijn keel. 'Ja, u hebt natuurlijk nog andere plannen voor de avond.'

'Nee hoor,' zei Iris vlug, voordat haar moeder iets anders kon zeggen. 'We zouden alleen de kaars aansteken zoals we elk jaar doen, voor de rest stond er nog niks vast.'

'In dat geval: kan ik jullie dan misschien iets te drinken aanbieden? Zodat we een toost kunnen uitbrengen op...'

'Tom. Hij heet Tom,' vulde haar moeder aan.

'Ja, graag,' flapte Iris eruit zonder haar moeder aan te kijken. 'We kunnen wel even naar Hoppe of 't Zeepaardje gaan. Of naar de Taverne! Met een beetje mazzel speelt er nog een leuke band.'

'Iris, ik heb een beetje hoofdpijn,' temperde haar moeder haar enthousiasme.

'Eén drankje kan toch wel, mam?'

'Ik ga liever naar de camping nu. Niks persoonlijks, hoor,' liet ze er tegen Patrick op volgen.

De teleurstelling droop van Iris' gezicht en Patrick zag het. 'Wat zou u ervan zeggen als ik samen met Iris nog een drankje doe en haar daarna keurig afzet op uw verblijfadres?'

'Nee hoor, dat kan niet. We zijn op de fiets. Gehuurd.'
'Geen probleem. Mijn auto is groot genoeg. Het is een stationwagen, ook gehuurd. Zal ik voor u een taxi bellen? Dat is wel zo gemakkelijk voor u en dan neem ik uw fiets ook meteen mee.' Hij pakte iets uit zijn binnenzak. Het bleek een visitekaartje te zijn. 'Hier staat mijn telefoonnummer op zodat u me kunt bereiken, mocht dat nodig zijn.'

Haar moeder bekeek het aandachtig. 'Hoe oud ben jij eigenlijk, Patrick?'

'Hoe oud?' Hij moest lachen. 'Ik ben dertig.'

'Dertig? Nou, dan lijkt het me verstandig dat Iris nu gewoon met mij mee naar onze tent gaat.'

'Mam, doe eens even relaxed,' siste Iris.

'Mijn dochter is namelijk pas eenentwintig,' ging haar moeder onverstoorbaar verder.

'Ik beloof u dat ik goed op haar zal passen en dat ik me keurig gedraag. En nogmaals, u bent zelf ook nog steeds van harte uitgenodigd, mocht u zich bedenken.'

Iris zag haar moeder twijfelen en ze wierp haar een smekende blik toe.

'Nou, vooruit, één drankje en dan kom je terug. Als dat aanbod van die taxi voor mij nog steeds geldt, dan maak ik daar graag gebruik van.'

Terwijl Patrick zijn telefoon pakte en een taxi bestelde, deed Iris haar uiterste best om haar opwinding te verbergen. Wat was die Patrick een lekker ding. Dat hij bijna tien jaar ouder was, kon haar echt niks schelen.

3

Nadat haar moeder in een taxi teruggegaan was naar de camping, stelde Iris voor om naar 't Zeepaardje te gaan. Op hun gemakje liepen ze naar de Breelaan en mengden zich tussen de mensen die net als zij uit waren op een leuke avond en een drankje. De geur van alcohol en sigarettenrook hing als een deken over het overvolle terras, waar het gros van de gasten genoegen moest nemen met een staanplaats. Patrick haalde een pakje sigaretten uit zijn jaszak.

'Heb je er bezwaar tegen als ik rook?'

'Nee,' zei Iris, hoewel ze het eigenlijk heel vies vond. Hij stak haar ook een sigaret toe, maar ze bedankte.

'Heel verstandig. Ik zou ook moeten stoppen, maar het lukt me niet. Het is zo verslavend.'

'Rook je al lang?'

'Jaartje of tien. Ik ben ermee begonnen toen ik ging ondernemen. Je weet wel, stress en zo.'

'Het gros van mijn vriendinnen rookt. Ik heb er weleens een paar uitgeprobeerd, maar ik vind het gewoon ranzig. Bovendien kan ik het niet betalen.'

Patrick inhaleerde diep, gooide zijn peuk toen op de grond en trapte hem uit. 'Speciaal voor jou maak ik hem uit, maar vind je het dan een probleem om binnen te gaan zitten? Als ik al die mensen hier de hele tijd onder mijn neus zie roken, dan kan ik me niet beheersen.'

'Natuurlijk, geen probleem.' Ze ging hem voor naar binnen, waar het aanmerkelijk rustiger was.

'Jij ook een biertje?' vroeg hij.

'Ja, lekker.'

Patrick liep naar de bar en wenkte haar mee te komen. Ze schoof naast hem op een lege kruk en toen de biertjes getapt waren, gaf hij er een aan haar.

'Een toost, op vaders,' zei hij.

'Proost.' Ze nam een slokje en zette haar glas weer neer. 'Sorry trouwens van daarnet, met mijn moeder. Ze heeft soms niet zo goed door dat ik al volwassen ben.'

'Ach, wees blij dat ze zich druk om je maakt,' zei Patrick. 'Dat betekent dat ze veel van je houdt.'

'Dat weet ik wel, maar het mag soms best een beetje minder. Het kan nogal beklemmend zijn.'

'Dat begrijp ik, maar probeer je ook een beetje in haar te verplaatsen. Ze is je vader al kwijt en daardoor is het voor haar waarschijnlijk extra moeilijk om je los te laten.'

Iris keek hem indringend aan. Wat bijzonder dat deze man die ze net had leren kennen zo goed aanvoelde wat haar situatie en die van haar moeder was. 'Heb jij dat ook gehad met jouw moeder? Omdat jouw vader ook is overleden?'

'Ja, maar in mindere mate. Ik heb nog twee zussen en twee broers. Jij bent enig kind. Dat maakt wel verschil, denk ik.'

'Wie zegt er dat ik enig kind ben? Hoe weet je dat?'

'O, daar ging ik eigenlijk van uit. Als je nog broers of zussen had gehad, dan waren die er vanavond wel bij geweest om je vader te herdenken. Toch?'

'Heel opmerkzaam van je. Maar je hebt gelijk, ik ben inderdaad enig kind. Vind ik weleens jammer, hoor. Ik zou best eens lekker willen tutten met een zus of willen stoeien met een broer.'

'Weet wat je zegt,' zei Patrick grinnikend. 'Bij ons in huis was het altijd druk en chaotisch. Soms was het vechten om aandacht.'

'Het lijkt me supergezellig, zo'n groot gezin.'

'Is het ook wel, hoor. Vooral met de feestdagen, als we allemaal bij elkaar zijn.'

'Dus je kunt goed met je broers en zussen opschieten?'

'Sinds we de puberteit allemaal achter ons hebben gelaten wel.' Hij lachte. 'Het kon soms flink knallen, vooral tussen mij en mijn jongste broertje. Maar daar zijn we inmiddels overheen gegroeid. We lopen de deur niet plat bij elkaar, maar we weten wat we aan elkaar hebben en als er problemen zijn, kunnen we altijd bij elkaar terecht. Dat is een fijn idee.'

Hij pakte zijn biertje en dronk het glas in één teug leeg, waarna hij een tweede bestelde. Intussen begon het ook binnen drukker te worden en de temperatuur begon op te lopen. Om hen heen bestelden mensen aan de bar drankjes, waardoor ze steeds dichter bij elkaar kwamen te zitten. Elke keer als Patricks knieën per ongeluk de hare raakten, ging er een schokje door haar heen.

'Zit je hier ergens in een hotel?' vroeg ze toen zijn biertje was gearriveerd.

'Nee, ik heb een huisje gehuurd in Bergen aan Zee. Het ligt op een van de hoogste duinen.'

Hij pakte zijn telefoon en liet haar een foto zien.

'Húísje?' riep ze verrast uit. 'Man, dat is Villa Zuidenwind.'

Ze bewonderde het van bruine steen gemetselde gebouw dat scherp afstak tegen een strakblauwe lucht. De witte kozijnen en grijze dakpannen van het monumentale landhuis contrasteerden met de groene bebossing eromheen.

'Je kent het?'

'Het is heel beroemd. Ik ben er nooit echt in de buurt geweest, maar ik heb het wel van een afstandje zien liggen.'

'Waarom is het beroemd?'

'Vanwege de rijke historie. Zie je die toren?' Iris wees naar een plek op de foto. 'Die is door de Duitsers gebruikt als uitkijktoren en radiopost. In 1943 is er brand in die toren geweest, maar gelukkig hebben ze alles kunnen herstellen. Na de oorlog is het een tijdje een vakantiekolonie geweest voor bleekneusjes.'

'Bleekneusjes?'

'Kinderen die het thuis niet zo goed hadden en vooral lichamelijk een opkikker nodig hadden. Ondervoed en zo.'

'En nu is het dus te huur,' zei Patrick nuchter.

'Ja, maar ik dacht dat ze het in appartementen hadden onderverdeeld die afzonderlijk werden verhuurd. En volgens mij zou er ook een partyzaal moeten zijn, compleet met een restaurantwaardige keuken en eetzaal.'

'Dat klopt.'

Iris keek hem verbaasd aan. 'En dat heb je allemaal in je eentje gehuurd?'

'Kennelijk.'

Ze grinnikte. 'Wauw. Eén appartement is niet genoeg voor je, jij huurt meteen een heel gebouw af.'

'Aangezien vrije tijd een schaars goed is in mijn leven, vind ik het prettig om rust om me heen te hebben als ik even niet werk. Zeker als ik in zo'n monumentaal pand verblijf. Ik wil het gebouw en de historie kunnen voelen zonder dat ik gestoord word. Ik hou van dingen met een verhaal.'

'Zal ik je dan nog eens wat meer van mijn verhaal vertellen?' Iris kroop bewust nog wat dichter naar hem toe.

'Kom maar op. Wat doet Iris in het dagelijks leven?'

'Ik ben bijna klaar met mijn opleiding tot internationaal officemanager. Daarvoor heb ik een opleiding van een jaar gedaan voor directiesecretaresse en managementassistente. Na de havo wist ik eigenlijk niet zo goed wat ik wilde gaan doen, dus toen heb ik hiervoor gekozen. Daar is altijd wel werk in te vinden en ik ben goed in organiseren, structuur aanbrengen, het betere regelwerk.'

'Waarom ben je na die eerste opleiding niet meteen aan de slag gegaan?'

'Ik weet het niet. Ik vond mezelf nog een beetje te jong om fulltime op een kantoor te zitten, denk ik. Verder wilde ik nog iets meer bagage hebben om voor een goede baan te kunnen gaan. Officemanager leek me een mooie aanvulling en vooral dat internationale sprak me wel aan. Ik zou best een paar jaar naar het buitenland willen.'

'Ben je al om je heen aan het kijken qua werk?'

'Ik wil me na deze vakantie voorzichtig oriënteren op wat er allemaal mogelijk en beschikbaar is.'

Patrick nam een slok bier en likte het schuim van zijn lippen. 'Misschien heb ik wel iets voor je.'

'O, wat dan?' Iris keek hem verheugd aan.

'Zoals ik al zei, ben ik bezig een vestiging van mijn ICT-bedrijf op te zetten in Amsterdam. Ik kan best een goede officemanager gebruiken.'

'En dat zou je mij zomaar toevertrouwen? Ik voel me vereerd, hoor, maar ik kom koud uit de schoolbanken en heb nog geen enkele werkervaring. Zeker bij het opzetten van een nieuw bedrijf heb je toch veel meer behoefte aan een ervaren kracht?'

'Niet per definitie. Je bent een intelligent meisje, niet op je mondje gevallen en volgens mij ook niet vies van een uitdaging. Waar of niet?'

'Waar.'

'Ik was zelf net twintig toen ik begon met ondernemen. Ik had mensen om me heen die in me geloofden en me kansen gaven die ik met beide handen heb aangegrepen. Vanaf dat moment nam ik me voor dat ik hetzelfde voor anderen zou doen. Ik neem jong talent graag onder mijn hoede.'

'Dus je biedt me serieus een baan aan?'

'Ik wil je graag uitnodigen om volgende week op het kantoor in Amsterdam te komen kijken. Dan kan ik je rondleiden en wat dingen over het bedrijf en de functie vertellen. Zie het als een informele sollicitatie. Als het van twee kanten bevalt, praten we verder. Wat dacht je ervan? Heb je interesse?'

'Ja, absoluut. Ik ben er alleen een beetje beduusd van. Dit was niet wat ik verwachtte toen ik vanavond met mijn moeder op de fiets stapte om naar wat kaarsjes en lampionnen te kijken.'

'Het leven zit soms vol verrassingen.'

Patrick hief zijn bijna lege glas en tikte ermee tegen het hare. De schuimkraag in Iris' nog vrijwel volle glas was nagenoeg verdwenen.

'Beetje doordrinken, hoor. Niks zo vies als lauw bier. Of zit je tijd te rekken? Niks drinken zodat je het langer kunt uitzingen op dat ene drankje dat je moeder je gunde.' Hij knipoogde en lachte toen smakelijk.

'Was jouw moeder ook zo bezorgd? Ik word soms echt knettergek van de mijne. Alleen daarom zou ik al het huis uit willen.'

'Waarom doe je dat dan niet?'

Iris maakte een geldgebaar met haar vingers. 'Niet te betalen voor een arme student zoals ik. Door thuis te blijven wonen kan ik nog even doorsparen. Pas als ik een vast inkomen heb durf ik die stap te zetten.'

'En je moeder, kan die niet bijspringen?'

'Nee, onmogelijk. Die werkt zich al drie slagen in de rondte om het huis te kunnen behouden waar we nu in wonen. Mijn vader was kunstschilder en heeft ons in financieel opzicht niet bepaald goed achtergelaten. Mijn moeder heeft er jaren over gedaan om alle schulden af te betalen en zelfs met alle overuren die ze maakt, draaien we nu nog steeds amper quitte.'

'Als je voor mij komt werken, is dat probleem ook meteen

opgelost. Had ik al gezegd dat bij de aanvullende arbeidsvoorwaarden voor de functie van officemanager ook een appartement hoort waar je gebruik van mag maken? Als je tenminste in Amsterdam zou willen wonen.'

'Serieus?'

'Ja, over zoiets maak ik geen grapjes.'

'Nou, daar hoef ik niet lang over na te denken. Wie wil er nou niet in Amsterdam wonen?'

'Er zit alleen één maar aan: als ik voor zaken in Nederland moet zijn, dan gebruik ik dat appartement als mijn uitvalsbasis. Ik ben bijna tweehonderd dagen per jaar onderweg en probeer zo weinig mogelijk tijd door te brengen in hotels. Het appartement heeft twee ruime slaapkamers, dus je zult op die dagen dat ik er ben weinig last van me hebben.'

'Nou, al had het maar één slaapkamer...'

Het was eruit voordat ze het goed en wel in de gaten had. Shit, wat moest hij wel niet van haar denken? Lag het er te dik op dat ze hem leuk vond? Maar de opmerking leek geheel aan hem voorbij te zijn gegaan, want hij reageerde niet, en even wist ze niet of ze blij moest zijn dat hij het niet had gehoord of teleurgesteld. Hij bleef lastig om te peilen. Vond hij haar nou aantrekkelijk en wilde hij haar beter leren kennen – en was dat hele appartement niks anders dan een makkelijke manier om haar in bed te krijgen elke keer dat hij in Nederland was – of was hij echt alleen maar geïnteresseerd in haar zakelijke kwaliteiten? Misschien moest ze hem gewoon zoenen om daarachter te komen? Maar durfde ze dat? Eigenlijk niet. De angst om een blauwtje te lopen en ook haar eventuele kansen op die baan met appartement te verspelen, hield haar tegen.

Ze nam een paar slokken bier om even een denkpauze in te lassen. Een gezonde dosis argwaan stak de kop op. Zou het ook kunnen dat deze Patrick haar voor de gek zat te houden? Was het niet te mooi en ook een beetje raar wat hier gebeurde? Wie werd er nou door een wildvreemde man op straat aangesproken om vervolgens een baan en woonruimte in de coolste stad van Nederland aangeboden te krijgen? Niemand toch eigenlijk? Waarom zij wel?

Alsof Patrick haar plotselinge terughoudendheid aanvoelde, deed hij haar nog een voorstel.

'Ik kan me voorstellen dat ik je een beetje overval met alles en dat je niet zo goed weet wat je ermee aan moet. Dus ik stel voor dat je je biertje opdrinkt en dat ik je dan naar de camping breng, zodat je er een nachtje over kunt slapen. Kom dan morgen met je moeder bij me lunchen, dan bespreken we het ook met haar en dan kunnen jullie daarna samen beslissen. Kan ik jullie meteen een rondleiding geven door dat prachtige pand waar jij meer van weet dan ik. Goed idee?'

'Oké, deal.' Het feit dat hij haar moeder ook wilde spreken, stelde haar eigenlijk wel weer gerust. Haar kennende zou ze hem tot vervelens toe uithoren en vragen stellen, dus als Patrick kwade bedoelingen had, dan zou ze daar zeker achter komen.

'Nou, zal ik je dan maar naar de camping brengen?' Patrick zette zijn lege glas op de toog en likte zijn lippen nog eens af. 'Ik wil graag vriendjes blijven met je moeder en morgen zien we elkaar weer.'

Iris knikte en sloeg de laatste slokken bier achterover. Als ze haar moeder zover wilde krijgen om morgen bij Patrick te gaan lunchen in Zuidenwind, dan zou ze zich nu aan de regels moeten houden. Als haar moeder eenmaal een slecht humeur had, dan was er niks meer met haar te beginnen.

Met tegenzin stond ze op en volgde Patrick naar buiten.

Geen van beiden had in de gaten dat ze niet de enigen waren. De gestalte die de hele avond al in hun buurt was geweest had zich steeds uiterst verdekt opgesteld, maar bewoog op afstand als een schaduw met hen mee.

4

Het gekraai van de campinghaan werd enthousiast beantwoord door een wakkere koe. Iris zuchtte en trok haar slaapzak over haar hoofd. Ze had net als haar moeder oordoppen in moeten doen. Patrick had zijn auto gisteren rond middernacht keurig geparkeerd bij de ingang van de camping en de fietsen uit zijn auto getild. Met de fietsen aan de hand waren ze naar de tent gelopen. Iris had gehoopt dat haar moeder al sliep, maar natuurlijk was dat niet het geval geweest. Een potje zoenen voor de tent zat er dus niet in. Iris had aan haar moeders gezicht gezien dat Patrick punten had gescoord door zich aan de afspraak te houden. Toen hij haar officieel had uitgenodigd om samen met Iris te komen lunchen, had ze maar even geaarzeld en daarna ingestemd.

Op het moment dat Patrick haar moeder de hand had geschud en wilde vertrekken, was het wat ongemakkelijk geworden. Haar moeder voelde niet aan – of deed net alsof – dat Iris graag privé afscheid van Patrick wilde nemen. Pontificaal bleef ze tussen hen in staan. Om nog een kleine kans op romantiek te maken, had ze Patrick naar zijn auto vergezeld, maar het was op een grote teleurstelling uitgelopen. Hij had geen aanstalten gemaakt om haar te zoenen en toen ze uiteindelijk zelf een poging had gewaagd, had hij zijn hoofd weggedraaid en haar een zoen op haar wang gegeven vergezeld van een stevige knuffel. Daarna was hij snel in zijn auto gestapt, had door een halfgeopend raam 'Tot morgen' gezegd en was weggereden, Iris gedesillusioneerd en verward achterlatend. Had ze zijn signalen en complimentjes dan zo verkeerd geïnterpreteerd? Had ze dingen gezien die er niet waren? Had Patrick medelijden met haar gehad omdat ze haar vader was verloren en haar daarom uitgenodigd voor een drankje? Voelde hij alleen maar een soort band omdat hij hetzelfde had meegemaakt? Ze wist het even niet meer en had ook niet de illusie dat ze hem er die middag tijdens de lunch naar kon vragen. Haar moeder kennende zou ze continu alles in de gaten houden en haar geen moment alleen gunnen met de aantrekkelijke zakenman. Ze nam zich voor om de sfeer tijdens de lunch goed te peilen en als het heel gezellig was, dan zou ze Patrick vragen of hij zin had om een avond met haar op stap te gaan. Dan zou ze alle tijd hebben om uit te zoeken wat hij nou echt van haar vond.

De haan kraaide weer. Oordoppen in of een vroege ochtendwandeling maken om het onrustige gevoel dat ze had kwijt te raken? Ze keek naar haar moeder, die nog steeds in diepe rust was. Die lag voorlopig nog wel op één oor en zou het niet eens merken als ze er even tussenuit piepte. En de wanden van de tent kwamen intussen op haar af: ze voelde zich opgesloten en had behoefte aan vrijheid. Ze wurmde zich uit haar slaapzak, pakte haar toilettas en schone kleren uit de auto en begaf zich naar de sanitaire ruimte voor een snelle douche.

Toen ze een kwartier later in haar joggingbroek het campingterrein verliet, lieten haar lange haren een natte plek achter op haar T-shirt. Er was nog amper verkeer op de weg en het geklepper van haar teenslippers was duidelijk hoorbaar in de stilte. Terwijl ze uitkeek over de weidse Noord-Hollandse polder ademde ze de lucht die nog vochtig was van de ochtenddauw diep in. Er hing een flard mist over de duinrel die voor de afwatering van grond- en regenwater uit de nabijgelegen duinen zorgde. Een eenzame fietser passeerde haar met een bescheiden belletje.

Ze keek op haar telefoon om de route te bepalen die ze wilde lopen. Bos en duin trokken haar meer dan die saaie polderweg. Het was wel wat zwaarder lopen, zeker op slippers, maar ze voelde zich aardig fit ondanks de weinige uurtjes slaap. Turend op haar scherm had ze niet meteen door dat een auto haar langzaam passeerde, een stukje doorreed, draaide en weer terug kwam rijden. Ze keek pas op toen de auto naast haar tot stilstand kwam en ze het raam aan de bestuurderskant hoorde openzoeven. Automatisch zette ze een stap achteruit toen een hoofd met een donkere baseballpet een stukje naar buiten werd gestoken. De klep was behoorlijk ver naar beneden getrokken, waardoor Iris het gezicht van de bestuurder niet goed kon zien.

'Goeiemorgen,' zei een doorrookte mannenstem. 'Kan ik je misschien ergens mee helpen?'

'Nee hoor, ik red me prima. Dank u wel.'

'Heb je soms een lift nodig? Zo helemaal alleen langs de weg op dit tijdstip, dat is niet verstandig. Je weet maar nooit wie je tegenkomt.'

Precies, en daarom zal ik nooit bij jou in de auto stappen.
Iris keek om zich heen of er nog andere mensen in de buurt waren. De fietser die al eerder was gepasseerd, was nog slechts een stipje aan de horizon en zou haar niet horen als ze het op een schreeuwen zette. De auto van de man blokkeerde haar zicht op de weg en maakte haar onzichtbaar voor andere automobilisten. Een hand met dikke, korte vingers en nicotineplekken op de wijs- en middelvinger werd nonchalant naar buiten gestoken.

Jakkes, ze begon nu toch echt de kriebels te krijgen en wilde zo snel mogelijk weg voordat de man het in zijn hoofd haalde om uit te stappen of haar in zijn auto te sleuren. Ze bedacht zich hoe stom het was geweest dat ze geen briefje voor haar moeder had neergelegd dat ze een stukje was gaan wandelen. Als er iets met haar gebeurde, wist niemand waar ze haar moesten zoeken en wanneer ze precies verdwenen was.

'Nee hoor, ik hoef geen lift. Als u het niet erg vindt, dan ga ik weer verder.'

Zonder nog een reactie van de man af te wachten, liep ze het braakliggende weiland in dat naast de weg lag. Wanneer ze het dwars overstak, kwam ze uit bij de duinrand. De man kon haar op deze manier onmogelijk met zijn auto volgen. Ze moest zich bedwingen om het niet op een rennen te zetten. Als ze rustig bleef en niet liet merken dat ze bang was, dan verloor hij hopelijk zijn interesse in haar. Als ze echter op de vlucht sloeg, dan werd hij misschien juist extra getriggerd om achter haar aan te gaan. Dan werd het een spelletje dat ze nooit kon winnen.

Ze liep verder door het natte gras en spitste haar oren. De auto was nog niet weggereden. Ze hoorde een portier opengaan en kippenvel trok langs haar ruggengraat omhoog. Shit.

'Fijne dag nog, hè. Wie weet komen we elkaar nog eens tegen.'

Ze hoorde de man lachen toen hij zijn portier dichtsloeg. Angstig keek ze over haar schouder en tot haar grote opluchting zag ze dat hij niet was uitgestapt. Het raampje werd gesloten en de auto begon zachtjes te rijden. Ineens gaf de bestuurder gas en zo plotseling als hij was gekomen, was hij ook weer verdwenen.

Iris stond te trillen op haar benen. Door de schrik had ze er niet aan gedacht om te kijken naar het kenteken of het merk van de auto. Verder dan dat hij zwart was, kwam ze niet. Ze nam haar slippers in haar hand en rende op blote voeten richting de duinrand. Daar konden in elk geval geen auto's met enge mannen komen. Vlak voordat ze het bospad dat voor haar lag in liep, deed ze haar slippers weer aan en appte haar moeder.

Kon niet meer slapen. Ben even wandelen in de duinen.

Ze stopte haar telefoon in de zak van haar joggingbroek en volgde het pad tussen de bomen door. Ze realiseerde zich nogmaals hoe blij ze was dat de man uiteindelijk was doorgereden en haar met rust had gelaten. De spanning trok met elke stap verder uit haar lijf en na enige tijd was ze in staat te genieten van de serene rust die de vroege ochtend bracht. Toch kon ze het niet laten om af en toe om te kijken. Ze verstijfde even toen ze een glimp van een schaduw dacht te zien die er eerst nog niet was, maar toen ze nog eens goed keek was de schaduw verdwenen. Gezichtsbedrog, concludeerde ze.

Ze liep verder over het kronkelige, bemoste bospad dat onder haar voeten veerde. De eerste zonnestralen boorden zich door het bladerdak van eikenbomen en zetten de wereld voor haar in een gouden gloed. Met haar handen op haar rug slenterde ze verder en bleef even stilstaan bij een mierenhoop links van het pad. Onder de indruk van de bedrijvigheid van de bosmieren boog ze voorover om het beter te kunnen zien. Het was fascinerend om te zien hoe de beestjes sleepten met dennentakjes en dode insecten.

Een nies verbrak de stilte.

Iris schrok op en draaide zich meteen om. Het geluid leek achter haar vandaan te komen. Ze bestudeerde de omgeving nauwkeurig, maar hoe goed ze ook keek, ze zag niemand. Hoe kon dat? Ze had het toch goed gehoord? Op een fluitende vogel na, daalde de stilte weer neer in het bos. Iris hield haar adem in. Geen geritsel, geen voetstappen, geen enkele aanwijzing dat er nog iemand anders in het bos was. Op die nies na dan. Had ze het dan toch niet goed gehoord? Ze begon te twijfelen, maar desondanks stond het kippenvel weer op haar armen. De totale rust die ze net nog had gevoeld was verdwenen. Ze zette het op een lopen, wilde zo snel mogelijk tussen die bomen vandaan. Nog geen paar minuten geleden had ze de schoonheid ervan ingezien, maar nu beklemde het haar alleen maar. Het bladerdek dat een gedeelte van de lucht verborg en het daglicht tegenhield, de struiken waar iemand zich achter kon verschuilen. Ze hoefde maar even aan de man in die auto terug te denken en ze kreeg het weer op haar heupen.

Hijgend keek ze achterom, ze struikelde bijna over een uitstekende boomwortel, maar wist zich te herstellen. Het pad achter haar was nog steeds leeg. Toch was ze blij toen ze de laatste bomen achter zich liet en het duinpad op liep. Het fijnkorrelige witte zand schuurde al na een paar stappen tussen haar tenen en ze deed haar slippers uit om op blote voeten verder te lopen. Ze stapte in een stevig tempo door en na tien minuten durfde ze eindelijk in een beschut duinpannetje neer te ploffen om op adem te komen. Opnieuw keek ze naar het pad waarover ze net had gelopen, maar nog steeds was er niemand te zien. Langzaam maar zeker kwam ze weer tot rust. Haar fantasie was met haar aan de haal gegaan. Ze liet zich achterovervallen en vouwde haar handen achter haar hoofd.

In de luwte van de duinen was de temperatuur heel aangenaam en het zonnetje, dat al lekker begon te branden, maakte haar rozig. Genietend sloot ze haar ogen. Dit was toch wel het goede leven. Kon ze elke dag, de rest van haar leven, maar op deze manier beginnen. Haar gedachten gingen naar Patrick, die vreemde knappe man die haar gisteren vanuit het niets een baan met bijbehorend appartement had aangeboden. Zou hij al wakker zijn? Ze stelde zich voor dat hij nog in bed lag. Zij ernaast in zijn armen. Ze glimlachte bij de gedachte.

Een schaduw viel over haar gezicht.

Geschrokken vloog ze overeind. Er hing een gestalte over haar heen. Een vrouw met een grote strooien zonnehoed.

Afwerend stak Iris haar armen voor zich uit en ze kroop weg voordat de vrouw haar kon aanraken. Want dat ze dat van plan was geweest, was te zien aan de uitgestoken hand die naar haar schouder reikte. De vrouw deed meteen een stap achteruit.

'I'm sorry. Didn't mean to scare you.' Ze haalde iets uit haar jaszak en stak het Iris toe. *'Is this yours?'*

Iris pakte de telefoon die de vrouw vasthield aan. Verdomd, het was de hare. Ze had helemaal niet doorgehad dat ze hem verloren had. Waarschijnlijk uit haar broekzak gevallen toen ze het bos uit was gevlucht.

'Ja, die is van mij. Waar hebt u hem gevonden?' antwoordde Iris in haar beste Engels.

'In het bos, ergens langs het pad.'

'Nou, dank u wel. Ik ben nogal aan mijn telefoon gehecht, dus ik ben blij dat u hem gevonden hebt. Ik heet Iris, trouwens.' Ze stak de vrouw haar hand toe.

'Je mag mij M noemen.'

Iris fronste haar wenkbrauwen. 'M? Als in de baas van James Bond?'

De vrouw grinnikte. 'Je bent een mooi meisje. Je hebt vast een knappe vader. Een fijne dag nog.'

Toen liep de vrouw zonder nog iets te zeggen door. Haar lange, blonde vlecht reikte tot halverwege haar rug en haar bruine jurk viel net boven haar slanke kuiten.

'Ja, u ook,' riep Iris haar na.

Wat een raar mens. Wie stelt zich nou zo voor? En die opmerking over een knappe vader, waar sloeg dat nou op? Nou ja, het deed er ook niet toe. Ze was blij dat de vrouw de moeite had genomen om haar telefoon op te rapen en hem bij haar terug te bezorgen. Iris veegde hem schoon en controleerde haar berichten. Haar moeder was wakker en op weg naar de bakker voor ontbijt. De gedachte aan versgebakken broodjes deed haar beseffen dat ze enorme honger had. Ze stond op, klopte het zand van haar kleren en begon aan de terugweg.

5

Een zoete bloemengeur kwam binnen door het open raam van de oude Suzuki Alto. Iris stak haar hoofd naar buiten en inhaleerde diep. Bomen en struiken deinden zachtjes mee op de bries die van zee kwam en voor wat aangename verkoeling zorgde. De zon deed vandaag goed haar best en er was nog geen spatje regen gevallen. De weg liep omhoog tussen frisgroene boompjes en de motor van de toch al luidruchtige auto bromde nog wat harder door de inzet van de benodigde extra pk's.

'Mooi plekje.' Haar moeder keek goedkeurend naar de statige villa met de markante toren waar ze op afreden. De witte kozijnen met roedes vormden een mooi contrast met de bruine stenen muren van het pand. Iris schaamde zich een beetje toen haar moeder de auto parkeerde op een plek pal voor de deur. Bij een villa hoorden mooie auto's te staan en niet zo'n barrel als dat van hen waarvan de rode lak inmiddels zo aangetast was door zon en vervuiling dat hij ook voor roze door zou kunnen gaan. Net op het moment dat Iris haar moeder wilde vragen de auto verderop uit het zicht te zetten, kwam Patrick naar buiten lopen. Op zijn gezicht een brede lach die zijn goed onderhouden gebit prijsgaf. Er kriebelde wat in Iris' buik toen ze hem daar zo zag staan, stralend in de zon met zijn witte polo, zomerse zwarte kostuumbroek en geklede sneakers. Ja, ook bij daglicht was hij echt leuk. Ze kreeg het warm toen hij naar haar zwaaide en op de auto afliep.

Iris deed het portier open en stapte uit. Vlug streek ze de kreukels uit haar gele zomerjurkje. Ze dacht dat ze Patrick goedkeurend zag kijken naar haar welgevormde lijf in de strakke stof voordat hij haar hand pakte en er een kus op drukte.

'Mademoiselle Iris.'

Ze maakte een kleine kniebuiging. Veel te snel naar haar zin liet Patrick haar hand weer los. Het speciale gevoel dat ze had gehad toen hij haar begroette, verdween toen hij haar moeders hand op dezelfde manier kuste.

'Welkom in Villa Zuidenwind.'

'Bedankt voor de uitnodiging. Wat een prachtige plek is dit, zeg.'

Iris verbaasde zich een beetje over het goede humeur van haar moeder. Van de argwaan die ze gisteren overduidelijk tegenover Patrick had gekoesterd, leek weinig over en voor het eerst in tijden oogde ze een beetje ontspannen. Het was fijn om te zien dat de rimpels rond haar mond zich nu eens krulden voor een lach en niet van de zorgen. Haar moeder zag eruit alsof ze onbekommerd een dagje uit was.

'We lunchen zo dadelijk op het terras. Alles wordt daar nu in orde gemaakt. Zal ik jullie in de tussentijd het huis laten zien?'

'Graag. Ik ben altijd al benieuwd geweest hoe deze prachtige villa er vanbinnen uitziet,' antwoordde haar moeder verheugd.

Terwijl Patrick hun voorging naar binnen, fluisterde haar moeder tegen Iris: 'Misschien is hij toch wel een goede partij voor je.'

'Mam! Doe normaal.'

Ze moest moeite doen om zachtjes te praten en duwde haar moeder voor zich uit. Patrick leek het allemaal niet mee te krijgen, of hij was zo beleefd om te doen alsof. Eenmaal binnen liep Iris naar Patrick toe. Haar moeder nam echter uitgebreid de tijd om zich te vergapen aan de entree.

'Groene tegels met dierschilderingen, marmer, teakhout, glas in lood. Mooi staaltje Amsterdamse school.'

Sinds wanneer had haar moeder verstand van architectuur?

'Klopt inderdaad, Amsterdamse school. Het gebouw is in 1916 gebouwd in opdracht van een steenrijke handelaar in koffie, thee en specerijen. De gebroeders Van Gendt hebben het ontwerp gemaakt en de bouw begeleid,' antwoordde Patrick enthousiast.

'De gebroeders Van Gendt. Die hebben veel projecten in Amsterdam gedaan.'

'Wat leuk dat je dat weet.'

'Ik heb altijd veel interesse gehad in architectuur en uniek handwerk.'

'O, dan weet ik zeker dat je het houtsnijwerk op de trap ook prachtig zult vinden. Loop maar even mee.'

Iris stond er een beetje verloren bij en voelde zich steeds meer buitengesloten. Architectuur, kunst, dat was niet haar ding. Ze wilde het liefst zo snel mogelijk door het gebouw heen en dan op het zonnige terras praten over haar toekomst. Want dat was tenslotte waarom ze hiernaartoe waren gekomen, toch? Niet om zich te vergapen aan een handbeschilderde tegel, een stukje glas in lood of een houtsnijwerkje. Haar moeders humeur mocht daar dan steeds verder van opklaren, het hare zeker niet.

Ongeïnteresseerd sjokte ze achter haar moeder en Patrick aan. Die twee waren zo druk met elkaar aan het kletsen dat Iris zich afvroeg of ze het zouden merken als zij vast het terras ging opzoeken. Uit beleefdheid bleef ze echter staan. Patrick vertelde over het teakhouten houtsnijwerk op de trap. Ze ving iets op over Hermes, de Griekse god van de handel, een schip en een stuurwiel. *Who cares...* Toen het houtsnijwerk uitentreuren was besproken, was het glas in lood met afbeeldingen van een of ander strijdtoneel bij de trap naar de eerste verdieping aan de beurt. Iris zuchtte. Het enige waar zij in geïnteresseerd was, was het bekijken van die toren waar ze het gisteren met Patrick over had gehad. Het uitzicht vanaf die hoogte over Bergen leverde vast prachtige plaatjes op. Haar Nederlandse kiekjes konden natuurlijk niet op tegen de tropische strandfoto's van haar vriendinnen, maar dan had ze in elk geval íéts om te laten zien.

'Patrick,' onderbrak ze hem midden in een zin. 'Vind je het goed als ik even in de uitkijktoren ga kijken terwijl jullie een studie van het gebouw maken?'

Haar moeder, die aan zijn lippen hing, keek verstoord op.

Patrick glimlachte. 'Sorry, je moeder en ik hebben elkaar gevonden in de architectuur, maar ik begrijp dat het voor jou minder interessant is. Eerlijk gezegd had ik er op die leeftijd ook nog geen oren naar. Ik ben me er pas een jaar of vijf geleden in gaan verdiepen.'

Ineens was het leeftijdsverschil met Patrick voelbaar. Door zijn woorden voelde ze zich net een kind, een puber die nog maar net kwam kijken.

'Ik ben gewoon heel erg benieuwd hoe het uitzicht daarboven is.'

'Natuurlijk, ga je gang. Neem maar een kijkje in de toren. Als je de trappen volgt, dan kom je er vanzelf. Het is wel een hele klim.'

Ze tilde wulps haar been op. 'Geen probleem. Fietskuiten.'

Tot haar genoegen zag ze Patricks ogen afdwalen naar haar kuiten. *Dat is pas architectuur.* Ze liep langs hem en haar moeder heen verder naar boven. Toen ze boven aan de trap nog een keer omkeek, zag ze dat Patrick haar nastaarde. Ze wierp hem een verleidelijke lach toe en volgde toen de route naar de volgende trap. Hoe verder ze kwam, hoe smaller de trap werd. Het laatste stuk ging over in een wenteltrap die omhoogkronkelde als een slakkenhuis. Hijgend kwam ze uiteindelijk boven in de toren aan. Het was inderdaad een pittige klim en ze moest even bijkomen. In één oogopslag zag ze dat het met het onderhoud van de toren niet al te best gesteld was. De mint-turquoise verf bladderde van het houtwerk en de ramen konden ook wel een wasbeurt gebruiken. Over de vloer en de kozijnen lag een grijs waas van stof. Maar het uitzicht maakte alles goed. Het was precies zoals ze zich had voorgesteld: adembenemend.

Dromerig staarde ze uit over bos, duin en zee en maakte

zo goed en zo kwaad als het ging wat foto's door de vuile ramen heen. Daarna ontdekte ze de omloop en schoot nog wat plaatjes terwijl de wind met haar haren speelde. Ze liep weer terug naar binnen en ging aan de andere kant van de toren staan. In het golvende landschap tussen de bomen en groenbruine heuvels ving ze een glimp op van de weg naar het dorp. Grijze, rode en bruine daken kleurden het landschap naast al dat groen. De bewoonde wereld leek vanaf hier op een steenworp afstand te liggen. Ze liep terug naar het grote raam dat uitkeek over het terrein dat bij het landgoed hoorde. Dertien hectare in totaal, had ze Patrick tegen haar moeder horen zeggen. Er ging een steek van jaloezie door haar heen bij de gedachte dat haar moeder nu zijn onverdeelde aandacht had. Voor haar was Patrick misschien wel wat te oud, maar voor haar moeder veel te jong. Toch? Ze verdrong de gedachte meteen weer, maar het maakte wel dat ze ineens weer naar beneden wilde. Die twee waren inmiddels vast wel uitgekletst en nu was zij aan de beurt.

Ze wilde zich omdraaien om aan de afdaling te beginnen, maar zag ineens iets bewegen bij de bosrand. Ze kneep haar ogen samen om scherper te kunnen zien. Misschien een ree? Nee, het leek eerder op een mens. De gestalte sloop verder langs de bomen. Ja, het zag eruit als sluipen en niet als lopen. Nu wist Iris zeker dat het een mens was. Ze keek of ze nog meer mensen of bewegingen zag in de nabije omgeving, maar zag verder niks verdachts. Waarom stond daar iemand in z'n eentje verstoppertje te spelen in het bos? De gestalte kwam dichterbij en tuurde nu overduidelijk naar het huis. Het was natuurlijk ieders goed recht om de prachtige villa te bestuderen, maar toch voelde Iris zich er niet prettig bij. Het had iets stiekems en dat gaf haar de kriebels.

Nu de gestalte dichter was genaderd, kon ze zien dat het om een vrouw ging. Ze zag een lange jurk bewegen bij elke stap. Hij werd gedragen door een slanke vrouw. Het gezicht ging grotendeels verscholen onder de klep en schaduw van een baseballcap. Daaronder vandaan kwam een lange, blonde vlecht. Meteen moest ze aan de vrouw denken die haar mobiele telefoon had gevonden. Eenzelfde vlecht, een soortgelijke lange jurk. Bruin, net als die van de vrouw daarbeneden. Was het mogelijk dat het mevrouw 'M' was die daar zo stond te gluren? En zo ja, hoe toevallig was het dat de vrouw twee keer op een dag op dezelfde plek was als zij? Aan de andere kant, de vrouw was overduidelijk een toerist geweest, gezien het feit dat ze Engels had gesproken, en Villa Zuidenwind was met zijn uitkijktoren een van de blikvangers van Bergen. Niet zo gek dus dat een toerist die geïnteresseerd was in de omgeving hier een kijkje zou willen nemen. Aangezien Patrick het gebouw volledig had afgehuurd, was het nu gesloten voor vakantiegangers en dat werkte stiekem gedrag natuurlijk in de hand. Ja, dat moest het zijn. Er was helemaal niks raars of verdachts aan. De vrouw wilde gewoon niet betrapt of weggestuurd worden. Ze wilde gewoon even een kijkje nemen en dan weer vertrekken. Alsof de vrouw wilde bewijzen dat Iris gelijk had, draaide ze zich om en verdween tussen de bomen uit het zicht.

Iris moest om zichzelf lachen. De man in de auto die

haar vanochtend had lastiggevallen, had haar paranoïde gemaakt. Als ze aan hem terugdacht, liepen de rillingen haar meteen weer over de rug. Wat een griezel was dat. Ze had haar moeder er maar niets over verteld, anders zou ze geen stap meer buiten de tent mogen zetten zonder 'ouderlijk toezicht'. Haar moeder was overdreven voorzichtig met haar.

'Jij bent het enige wat ik nog heb sinds de dood van je vader.'

Hoewel Iris de uitspraak van haar moeder heel goed snapte, legde het ook een zware druk op haar. Het belette haar om echt te leven, de zorgeloosheid te hebben van een vrouw van haar leeftijd. Ze begon er steeds meer naar te snakken om haar eigen ding te gaan doen, en daarom klonk het aanbod van een appartement en een baan in Amsterdam in Patricks bedrijf ook zo aanlokkelijk. Ze moest dat voor elkaar zien te krijgen. Het zou niet makkelijk gaan en veel protest en tranen van haar moeder gaan opleveren, maar dat was dan maar zo. Haar vriendinnen begonnen haar steeds vaker te verwijten dat ze zo serieus was. Hun begrip voor het feit dat ze om de haverklap afspraken op het laatste moment afzegde omdat ze thuis nodig was, begon af te nemen. Het werd niet hardop uitgesproken, maar ze merkte het aan alles: gezucht aan de andere kant van de lijn, steeds minder appjes en Facebook-berichten, borrelafspraken waar ze niet voor was uitgenodigd ('Sorry, Iris, ik dacht dat Carlijn je had gevraagd'). Ze had ook geen goede beurt gemaakt met haar afmelding voor de zonvakantie naar Kroatië. Het voelde een beetje als een laatste kans die ze niet gegrepen had en als ze niet oppaste, dan hield ze niemand meer over. Net als haar moeder. Dan waren ze echt tot elkaar veroordeeld en – sorry mam – daar had ze geen zin in. Met een verhuizing naar Amsterdam zou ze met goed fatsoen aan kunnen komen. Wedden dat haar vriendinnen dan elk weekend op de stoep zouden staan? Een blije lach verscheen op haar gezicht bij de gedachte aan uitgaan tot diep in de nacht en daarna met z'n allen crashen op luchtbedden in de woonkamer. Het echte Amsterdamse studentenleven alsnog beleven. Ze moest naar beneden om dat veilig te gaan stellen.

Iris keek nog een keer naar buiten. De vrouw was nergens meer te zien, maar op dat moment kwam een tweede gestalte uit het bos lopen. Iemand die volledig in het zwart was gekleed. Had hij een bivakmuts op? Zag ze dat nou goed? Vast niet. Ze had zich vandaag al vaker dingen in haar hoofd gehaald. Toch bleef ze nog even staan. De man – groot en niet al te slank – liep met kordate pas richting de villa. Ze zag nog net dat hij begon te rennen voordat hij uit haar gezichtsveld verdween. En die bivakmuts, die had hij wel degelijk op...

6

Dit was niet goed; ze moest Patrick op de hoogte stellen. Ze pakte de leuning van de trap en wilde net beginnen aan de afdaling naar de eerste verdieping, toen ze een ijselijke gil hoorde. Ze schrok zo dat ze zich moest vastgrijpen aan de leuning om niet te vallen. Weer klonk er een kreet. Het was haar moeder. Ze herkende die stem uit duizenden. Vlak na de kreet klonk geschreeuw van een mannenstem die in elk geval niet aan Patrick toebehoorde. De man met de bivakmuts? Er werd met een deur geslagen en het gejammer van haar moeder was duidelijker te horen. Iris drukte zichzelf tegen de muur aan en maakte zichzelf zo klein mogelijk door op haar hurken te gaan zitten. Ze trilde.

'We zijn met z'n tweeën,' hoorde ze Patrick zeggen. Zijn stem klonk nog vrij kalm. 'Het personeel is net naar huis gegaan. Ze hebben alleen de lunch voorbereid.'

Wie er ook bij Patrick en haar moeder was, Patrick wilde duidelijk niet dat de man op de hoogte was van haar aanwezigheid in het gebouw. Hij wilde haar vast niet in gevaar brengen en het bood haar de kans om ongemerkt de politie te bellen.

'Ga daar op die bank zitten, en snel een beetje.' De indringer klonk nerveus en schraapte veelvuldig zijn keel.

'Misschien kun je dat wapen even wegdoen,' hoorde ze Patrick zeggen. 'Dat praat wat makkelijker.'

Shit, een wapen. Het angstzweet brak haar nu letterlijk uit.

'Jij bepaalt niet wat ik moet doen!'

'Rustig, rustig maar. Zo bedoel ik het niet, oké.'

'Ik ben hier de baas en je hebt naar mij te luisteren.'

'Goed, helder. Jij bent de baas.'

Als verdoofd zat Iris op de trap. Het gejammer van haar moeder op de achtergrond ging door merg en been.

Doe iets, Iris! Bel de politie!

Ze deed haar schoenen uit en sloop op haar blote voeten terug naar boven. Ze moest zo ver mogelijk bij de benedenverdieping vandaan zijn om te voorkomen dat de man haar zou horen bellen. Boven maakte ze hijgend haar tas open om haar telefoon te pakken. Ze stak haar hand in de tas, maar voelde hem nergens. Ze hurkte neer en gooide de inhoud over de vloer. Geen telefoon. Haar handen klauwden door de lege tas. Ritsten binnenvakjes open. Geen telefoon. Waar was dat kreng? Ze had hem altijd bij zich en net nu ze hem echt een keer nodig had... Nee, wacht even, ze had er net nog foto's mee gemaakt. Ineens herinnerde ze zich dat ze hem even in een raamkozijn had gelegd toen ze stond te genieten van het uitzicht. Toen was haar oog op die vrouw gevallen en daarna op de man met de bivakmuts en was ze dat ding in haar haast om beneden te komen glad vergeten. Ze rende naar het raam aan de zijkant van de uitkijktoren, waar haar telefoon inderdaad lag, en griste hem ervanaf. Met trillende vingers toetste ze 112 in, wachtte op de kiestoon, maar er gebeurde niets. Ze haalde het toestel van haar oor en keek naar het scherm. MOBIEL NETWERK NIET BESCHIKBAAR. Wat was dat nou weer voor onzin! Ze moest nú bellen. Elke seconde dat die vent een wapen op haar moeder en Patrick gericht hield, was er een te veel. Je kon toch altijd 112 bellen? Ook als je via je eigen provider geen verbinding had? Waarom nu dan niet? Ze probeerde het nog een keer, maar tevergeefs. Ze vloekte inwendig. En nu? Naar beneden en de heldin uithangen door die vent te verrassen met haar aanwezigheid? Misschien kon Patrick van dat moment van afleiding gebruikmaken om hem te overmeesteren? De illusie dat haar dat zelf zou lukken had ze niet.

Haar oog viel op de spullen uit haar tas die op de grond verspreid lagen. De kersenrode lippenstift die ze altijd bij zich droeg bracht haar op een idee. Ze pakte hem, liep naar de ramen en schreef op elk ervan in raamgrote koeienletters 'SOS'. Als die vrouw nog ergens in de buurt was, zou ze het misschien zien en een kijkje komen nemen. En anders was er wellicht iemand anders die haar roep om hulp zou opvallen. IJdele hoop, waarschijnlijk, maar het was het beste wat ze op dit moment kon verzinnen.

Ze besloot haar spullen te laten liggen. Haar telefoon nam ze wel mee. Ook al was hij nutteloos zonder bereik, je wist maar nooit. Op haar blote voeten ging ze de trap af naar beneden. Passeerde haar schoenen die ergens halverwege stonden, maar liet ze staan: zo was ze sneller en geruislozer. Beneden ging het geschreeuw onverminderd door. Hoewel het haar de kriebels gaf, was geschreeuw beter dan stilte.

Zolang Patrick die man aan de praat wist te houden, had hij hun in elk geval nog niets aangedaan.

'Nou moet je eens goed naar me luisteren. Dit is wat jij gaat doen. Jij maakt 250.000 euro over naar Papa Alpha Enterprises en dat doe je nu, anders schiet ik een kogel door haar kop.'

Er klonk gestommel en het gejammer van haar moeder klonk gesmoord. Die vent had haar toch niet te pakken genomen? Ze zou hem verdomme... *Ja, wat eigenlijk, Iris? Wat dacht jij nou in je eentje te gaan doen? Prinses op blote voeten.*

Toen klonk er een schreeuw van pijn, maar deze keer was het niet haar moeder.

'Pleur op, bitch! Me een beetje tegen mijn schenen schoppen, hè.' De man klonk eerder verontwaardigd dan boos.

Goed zo, mam!

'Doe dat nog eens en je vertelt het niet na. Begrepen! En jij, nu de bank bellen!'

'Ik wil best naar de bank bellen,' zei Patrick, 'maar dat heeft geen zin. Ik weet niet hoe het met jou zit, maar ik heb geen tweeënhalve ton in mijn achterzak. Of op de bank.'

'Kop dicht en niet zo bijdehand doen, jongen. Dat heb je zeker van je moeder? Niet liegen tegen mij, je hebt genoeg geld.'

'Waarom denk je dat ik genoeg geld heb?'

Patrick begon nerveus te klinken; waarschijnlijk vroeg hij zich af waarom de villa nog niet omsingeld was door loeiende sirenes en blauwe zwaailichten. Verdomme, ze kon hem toch met goed fatsoen niet meer onder ogen komen?

Het was weliswaar niet haar schuld dat haar telefoon het niet deed, maar ze had het gevoel dat ze enorm gefaald had.

'Ik weet wie je bent, knul. Met je bedrijfjes en je rijke Zwitserse leventje. ICT-SOLUTIONS. Niet echt een originele naam, maar met een winst van 23 miljoen euro doet dat er niet toe. Nee, je hoeft mij echt niks wijs te maken, ik weet alles van je. En van jou ook, trouwens. Waar is die lekkere dochter van je?'

Iris hield haar adem in. Had Patrick een dochter?

'Je laat mijn dochter met rust,' klonk de gesmoorde stem van haar moeder.

De opluchting dat Patrick geen dochter had, werd tenietgedaan door de wetenschap dat de man kennelijk van haar bestaan wist. Hoe kon dat? Dat hij haar 'lekker' noemde, gaf haar nog meer de kriebels. Kennelijk had deze persoon Patrick al langer op de korrel, maar wat moest hij met haar en haar moeder? Ze hadden Patrick gisteren pas voor het eerst ontmoet, dus voor die tijd was er geen enkele connectie geweest. Geld viel er bij hen ook niet te halen, dus wat moest hij van hen? Iris begon er steeds minder van te snappen.

'Genoeg gekletst, ik begin een beetje ongeduldig te worden. Jij gaat nu de bank bellen en die centjes naar me overmaken, ja.'

'En daarna laat je ons met rust?'

'Voorlopig wel.'

'Dat is niet genoeg. Ik wil garanties.'

'Zo werkt het niet en dat weet je heus wel. Je wordt de godganse dag bedonderd waar je bij staat, door de politiek, door je vrienden, zelfs door je eigen moeder. En dan bedoel ik niet de mijne, maar de jouwe.'

'Dat is nu al de tweede keer dat je over mijn moeder begint. Wat moet je van haar?'

'Laten we het er maar op houden dat ik haar van vroeger ken. Dat we nog een appeltje met elkaar te schillen hebben.'

'Waarom kom je dat dan met mij uitvechten?'

'Jij was hier toevallig, ik was in de buurt. En jij bent degene met de grote bedragen op zijn bankrekening. Daarover gesproken: bellen. Nu.'

Iris hoorde haar moeder weer kreunen en ze nam aan dat de overvaller haar pijn deed. Nu was het genoeg. Ze stond op en sloop langzaam verder naar beneden.

'Denk je nou echt dat mijn bank zo'n enorm bedrag overmaakt zonder vragen te stellen? Ze zullen op zijn minst een goede motivatie willen.'

'Dít is je motivatie, knul.'

Iris was inmiddels zover afgedaald dat ze haar moeder en Patrick kon zien door de glazen deuren van de zitruimte. En de overvaller. Hij zwaaide met het pistool door de lucht en plaatste het toen weer tegen haar moeders hoofd. Geen twijfel over mogelijk: het was de man met de bivakmuts die ze vanuit de toren had gezien. Iets in zijn stem klonk bekend. Het accent, de zwaarte van de stem. Onwillekeurig moest ze denken aan de man in de auto die haar vanochtend had aangesproken. Wat had hij ook alweer gezegd voordat hij wegreed? 'We zien elkaar vast nog weleens' of iets van die strekking? Zou het kunnen dat dit dezelfde vent was en dat hij hen dus inderdaad in de gaten had gehouden? Maar wat hadden zij en haar moeder te maken met Patrick? Tot gisteren hadden ze nog nooit van hem gehoord.

Iris sloop verder naar beneden. De overvaller stond met zijn rug naar haar toe. Misschien kon ze ongezien langs de zitkamer glippen en zo de buitendeur bereiken. Als ze eenmaal buiten was, kon ze hulp gaan halen en kwam het misschien allemaal toch nog goed. Het was riskant, maar wat kon ze anders? Ze móést het proberen en dus deed ze een schietgebedje en zette haar voet op de volgende trede. De trap kraakte luid en het geluid ging Iris door merg en been.

De man had het blijkbaar ook gehoord, want hij draaide zijn hoofd razendsnel om en keek haar recht aan. En hoewel de bivakmuts zijn gezicht verhulde, wist ze zeker dat er een grote grijns op zijn gezicht verscheen.

'Dag schoonheid,' zei hij. 'Kom je er ook bij?'

Shit.

Iris opende de deur en liep de zitkamer in.

'Hier komen,' commandeerde de man. 'Jij en je moeder gaan van plaats ruilen. Ik hou liever jou dicht tegen me aan dan die ouwe taart.' Hij grinnikte.

'Blijf bij hem uit de buurt, Iris.' Haar moeders stem klonk schril.

'Blijf met je poten van haar af,' nam ook Patrick het voor haar op.

'Kop dicht! Allebei op de bank en jij hier komen, meisje. Opschieten.'

Hoe bang Iris ook was, ze besloot het zo veel mogelijk te verbergen. Met opgeheven hoofd liep ze naar de overvaller toe. Ze pakte de hand van haar moeder en drukte hem stevig. De overvaller liet haar moeder los en gaf haar zo'n harde zet dat ze voorover op de grond viel en bleef liggen.

'Mam!' gilde Iris. Ze hurkte bij haar moeder neer, maar voordat ze de kans kreeg om haar te onderzoeken, werd ze aan haar haren overeind getrokken. Ze gilde het uit van de pijn.

'Hier komen, had ik gezegd.' De overvaller sleurde haar een stukje mee en trok haar tegen zich aan. Zijn dikke buik drukte in haar rug terwijl ze zijn gehandschoende hand over haar lichaam voelde glijden. Ineens had ze er spijt van dat ze dit dunne, nietsverhullende strakke jurkje had aangetrokken. Gelukkig droeg de man handschoenen – de gedachte aan zijn blote huid op de hare was onverdraaglijk.

'Laat me los!' riep ze, maar er zat weinig overtuiging in haar stem.

'Geef die maar even hier.' Haar telefoon werd uit haar hand gerukt en tegen de dichtstbijzijnde muur gesmeten. Het ding viel tot Iris' afschuw aan diggelen op de grond.

'Hij deed het toch al niet,' probeerde ze onverschillig te reageren. Het was meteen een manier om Patrick en haar moeder te laten weten dat het inschakelen van hulp niet was gelukt. Aan Patricks teleurgestelde blik te zien had hij het begrepen.

De loop van het pistool werd tegen haar slaap gezet en alle heldhaftigheid vloeide uit haar weg. Haar lijf begon te trillen en ze kon het niet tegenhouden. Ze kneep haar ogen dicht om de tranen tegen te houden, maar tevergeefs.

Toen ze ze weer opendeed, zag ze Patrick als een gekooid dier naar haar kijken. De paniek in zijn ogen was groot; hij wist duidelijk niet of hij moest blijven zitten of juist op de man moest duiken om haar te beschermen. Hun aanvaller bespeurde zijn aarzeling ook en drukte het pistool nog steviger tegen haar hoofd.

Haar moeder kwam kreunend overeind en Patrick stond op om haar te helpen. Haar gezicht zat onder het bloed en hij depte het voorzichtig weg met een zakdoek.

'Op mijn neus gevallen. Bloedneus,' hoorde ze haar moeder zeggen. Het klonk alsof ze acuut snotverkouden was geworden.

'Kop dicht en gaan zit...' zei de man, maar op dat moment ging de deurbel. Het indringende geluid deed hen alle drie opschrikken.

'Wie is dat?' siste de man.

Patrick keek hem verbaasd aan. 'Hoe moet ik dat nou weten?'

'Verwacht je iemand?'

'Nee. Het personeel is naar huis, dat heb ik je al gezegd.'

Weer ging de bel. Deze keer bleef het geluid aanhouden.

'Jij,' fluisterde de overvaller in Iris' oor. 'Ga kijken wie dat is en poeier ze af. En waag het niet om te vluchten! Als je niet terugkomt, schiet ik je moeder neer. Begrepen?' Hij liet haar los en gaf haar een zet in de richting van de deur.

In tegenstelling tot haar moeder wist Iris wel haar evenwicht te bewaren. Struikelend rende ze naar de deur.

'Rustig! Anders denken ze nog dat er iets aan de hand is. En opschieten, want ik word gek van dat geluid.'

'Wat is het nou: rustig doen of opschieten?' kon Iris niet nalaten om te zeggen.

'Nog zo'n bijdehandje. Daar zou ik maar een beetje mee oppassen. Meisjes moeten volgzaam zijn, laat het hebben van meningen maar over aan mannen.'

Iris hoorde haar moeder verontwaardigd snuiven, maar gelukkig was ze zo slim om haar mond te houden. De bel galmde nog steeds onophoudelijk door het gebouw en Iris verliet de zitkamer en liep naar de voordeur.

Toen ze de deur had geopend, keek ze recht in het gezicht van de vrouw die zich vanochtend aan haar had voorgesteld als 'M'. De vrouw die ze ook vanuit de toren dacht te hebben gezien. Had haar noodkreet in lippenstift dan toch geholpen? Iris kreeg weer hoop.

'*Call the police. There's a man with a gun in the building,*' fluisterde ze.

De vrouw keek echter langs haar heen en reageerde niet. Het viel Iris op hoe bleek ze zag. Had de vrouw niet begrepen dat ze de politie moest bellen? Iris pakte haar bij haar schouders vast. '*Please, go get help.*'

De bovenlip van de vrouw begon te trillen en ze begon zachtjes te huilen. '*I'm sorry,*' fluisterde ze toen vier volledig in het zwart geklede gewapende mannen haar bijna onder de voet liepen om de villa binnen te dringen. Ook deze mannen hielden hun gezicht verborgen achter bivakmutsen. Bij de dreiging die zij uitstraalden, leek de man die haar moeder en Patrick onder schot hield een amateur.

Voordat Iris het goed en wel besefte, greep een van de mannen haar bruut bij haar bovenarm en sleurde haar mee.

Een ander nam de vrouw met de lange blonde vlecht voor zijn rekening en sloot zachtjes de deur. De overige twee liepen met hun vooruitgestoken wapens langs hen heen.

'Waar is hij?' vroeg de man die haar vasthield.

'W... wie?' stamelde ze.

'Michael.'

'Michael? Wie is Michael? Wat willen jullie van ons?'

Een van de mannen die voorop liep bleef staan en draaide zich om. 'Waar. Is. Michael? We vragen het niet nog een keer,' klonk het dreigend.

'Ik ken geen Michael. Wie is dat?'

'Iemand die niet al te slim is.'

De man die Iris vasthield kneep nog wat harder in haar arm om haar tot een antwoord te forceren. Ze kromp ineen. 'In de zitkamer is iemand die voldoet aan die omschrijving,' bracht ze moeizaam uit. 'Hij is gewapend en houdt mijn moeder en een vriend onder schot.'

De man begon zachtjes te lachen en leek niet erg onder de indruk. 'Dan zullen we hem eens laten zien hoe je echt met een vuurwapen omgaat.'

'Mag dat ook zonder ons?' klonk het achter hen.

Iris keek verbaasd achterom naar de vrouw met de lange vlecht. Had ze dat nou goed gehoord? 'Je spreekt Nederlands?'

'Ja, al doe ik het niet zo vaak meer.'

Voordat ze verder konden praten, werden ze allebei ruw meegetrokken naar de zitkamer, waar de overvaller zijn pistool nerveus heen en weer zwaaide tussen Patrick en haar moeder. Het was overduidelijk dat hij geen flauw idee had wat er buiten het vertrek plaatsvond.

'Jij. Als eerste naar binnen,' commandeerde de man die Iris vasthield.

De mannen met de automatische wapens die eerder vooropliepen, posteerden zich aan weerszijden van de deuren die toegang verschaften tot de zitkamer. De andere twee gingen samen met de blonde vrouw achter hen staan.

'Geen geintjes,' siste de man haar toe voordat hij haar een zet richting de deur gaf.

Iris' hand trilde zo erg dat de deurklink uit haar zweterige handen schoot en terugsprong. Het maakte meer geluid dan de bedoeling was en ze hoopte maar dat de mannen begrepen dat dit per ongeluk was gebeurd. Tijd om over de mogelijke gevolgen na te denken kreeg ze niet. Ze deed de deur open en de man die Michael heette draaide zich ogenblikkelijk om en richtte zijn pistool op haar borst. Achter haar waren er ook wapens op haar gericht en ze kon geen kant op. Een van de mannen gaf haar een zet door de open deur en ze struikelde naar binnen. Ze kon nog maar net voorkomen dat ze tegen Michael aanbotste. Ze zag zijn ogen groot worden en hoorde hem een wanhopig piepend geluid maken, ongetwijfeld omdat hij de vier gewapende mannen achter haar had ontdekt. Van zijn bravoure leek ineens niets meer over. Maar nog meer dan de geschrokken Michael, was het Iris' moeder die de aandacht van iedereen in de kamer trok. Ze was opgesprongen en had haar hand voor haar mond geslagen. Iris zag dat haar moeders gezicht intens bleek was en dat ze wankelde.

'Nee,' fluisterde ze. 'Dat kan niet.'

7

Iris volgde haar moeders blik. Die was niet gericht op de vier gewapende nieuwkomers, maar op de vrouw met de blonde vlecht.

'Mar?' hoorde ze haar moeder zeggen, terwijl ze naar de vrouw begon toe te lopen. Ze leek de vier indringers helemaal te zijn vergeten. Een van de mannen richtte zijn wapen op haar moeder en blafte haar toe dat ze moest blijven staan, maar ze leek het niet te horen en liep gewoon door. Het was alsof ze niet meer doorhad waar ze was en in wat voor gevaarlijke situatie ze zich bevond. Haar enige doel leek het bereiken van die vrouw.

'Ma?' klonk het uit Patricks mond, maar het ging verloren in Iris' geschreeuw, die zag dat de man met het wapen ongeduldig werd.

'Mam!' krijste ze. 'Pas op!'

Haar moeder ontwaakte uit haar roes en keek geschrokken op.

'Allemaal bij elkaar gaan staan daar tegen de muur, en snel een beetje,' commandeerde de overvaller. 'Jij ook, Michael.'

Ze wisten niet hoe snel ze moesten gehoorzamen toen de man dreigend met zijn wapen heen en weer zwaaide. Haar moeder ging naast de blonde vrouw staan, die ze kennelijk kende.

'Mar, ben jij het echt?' hoorde Iris haar fluisteren.

'Ja, Nicole,' fluisterde de vrouw. 'Ik ben het.'

'Ma, wat doe jij hier?' Patrick klonk al net zo verbaasd als Iris' moeder.

Ma? Deze vrouw was Patricks moeder? Iris snapte er helemaal niets meer van. Ze wilde net haar moeder om uitleg vragen, toen Michael zijn mond opendeed.

'Hoe hebben jullie me gevonden?'

Hun overvaller, Michael, kende de vier mannen die de villa waren binnengedrongen dus. Maar het waren duidelijk geen vrienden van hem.

'Stel toch niet van die domme vragen, jongen,' zei de grootste van het stel gewapende mannen. Hij liep op Michael af en nam hem vliegensvlug het pistool uit handen. Dat ging met zoveel kracht gepaard, dat er ook een handschoen meekwam. Toen trok de man met een ruk de bivakmuts van Michaels hoofd. Er kwam een pafferig hoofd met verward witblond haar onder vandaan.

'Zo, nu kan iedereen zien met wat voor lafaard ze te maken hebben.'

Iris staarde naar de hand met de dikke, korte vingers, toen naar de nicotineplekken op de wijs- en middelvinger. Deze hand had ze eerder gezien. Vanochtend, toen hij uit een auto hing. Dit was die engerd die haar had lastiggevallen. Zijn stem had bekend geklonken en ze had het al vermoed, maar nu wist ze het zeker. Dat 'wie weet komen we elkaar nog eens tegen' was geen willekeurige uitspraak geweest. De man had al geweten wie ze was.

Gefrustreerd keek ze de kamer rond. Dit waren allemaal

mensen die connecties met elkaar hadden en zij was de enige die er geen touw aan vast kon knopen. De man die Michael zijn wapen afhandig had gemaakt, bekeek het intussen eens goed en begon toen hard te lachen.

'Een neppistool? Jezus, wat ben je toch een loser.' Hij gooide het ding achteloos weg.

Michael haalde zijn schouders op. 'Ze zijn er toch ingetrapt?'

'Ja, maar dít is het echte werk.' Hij duwde de loop van zijn wapen in Michaels buik, die ogenblikkelijk zijn handen in de lucht stak.

'Niet schieten, Stefan, ik doe alles wat jullie vragen.'

'Je bent nog zieliger dan ik dacht, wat moeten je vrienden daar wel niet van vinden?'

Iris wierp een vluchtige blik op haar moeder en de vrouw met de blonde vlecht. Verbaasd zag ze dat haar moeder het gezicht van de vrouw betastte alsof ze zichzelf ervan wilde overtuigen dat er een mens van vlees en bloed naast haar stond. De vrouwen waren volledig op elkaar gefocust en leken het conflict tussen de gewapende mannen volledig te hebben gemist. Gelukkig concentreerde de leider van hun overvallers, die kennelijk Stefan heette, zich op Michael en liet hij hen begaan.

'Dit kan niet waar zijn,' mompelde Iris' moeder. 'Je bent dood.'

'Nee, Nicole, ik leef nog,' sprak de blonde vrouw.

'Maar... je was verdronken. We waren er allemaal bij toen de politie... Ze hebben je kleren gevonden op het strand.'

En op dat moment viel bij Iris het kwartje. *Mar.* Marjolein. Haar moeders beste vriendin die destijds in Benidorm was verdronken. Er ging een schok door haar buik toen ze zich realiseerde dat Patrick haar zojuist 'ma' had genoemd. Patrick was haar zoon. Wat had dit toch allemaal te betekenen? Was hun ontmoeting die avond daarvoor geen toeval geweest? Had hij haar en haar moeder bewust opgezocht? Het kon haast niet anders. Maar waarom? Wat wilden al deze mensen toch? Wat hadden die vier gewapende mannen met die Michael te maken en wat had die Michael dan weer met Patrick en die Marjolein te maken? Maar vooral: wat hadden Iris en haar moeder gedaan dat ze in deze puinhoop terecht waren gekomen?

'Al die jaren... Het verdriet, het schuldgevoel. Je leefde gewoon nog!' Haar moeders stem was dik van emotie.

'Het spijt me, Nicole, ik kan het je allemaal uitleggen. Alleen niet nu. Als we hier levend uitkomen, dan zal ik je alles vertellen.'

'En nu allemaal jullie koppen dicht, want ik word gek van dat geouwehoer van jullie. De enige die zijn mond nog opendoet is Michael,' onderbrak Stefan het gesprek.

'Hij heeft ook heel wat uit te leggen.' Marjolein trok zich niks aan van de waarschuwing en wees met haar vinger in de richting van Michael. 'Herken je hem nog, Nicole? Onze Mike. Hij is wat dikker geworden, maar hij is het echt.'

'Wat? Mike Doornbos?'

'De enige echte.'

Iris' moeder keek naar de man met het blonde haar en een blik van herkenning sierde plotseling haar gezicht. 'Allemachtig, nu zie ik het pas.'

'Mam, ken je deze man?' vroeg Iris. Haar moeder hoorde haar niet en liep naar de man die kort daarvoor nog een pistool tegen haar hoofd had gehouden. Iris deed het bijna in haar broek van angst, maar hun overvallers lieten het toe.

'Hoe haal je het in je hoofd om ons te bedreigen?' Met vlakke hand sloeg haar moeder hem vol op zijn wang. 'Ik heb je altijd al een lul gevonden.'

Heel even was het doodstil in de ruimte, toen barstte Stefan in lachen uit.

'Laat jij je door meisjes slaan, Michael? Wat een zielenpoot ben je toch. En jij, terug in je mand nu.'

Haar moeder kreeg een tik met het wapen tegen haar arm. In een reflex weerde ze af.

'Mam! Hou je een beetje in. Michael heeft misschien geen wapen meer, maar de rest van die gasten wel.'

'Heel slim opgemerkt, meisje,' zei Stefan.

'Als dat niet ook nepwapens zijn,' sneerde haar moeder, die overduidelijk zo boos was dat ze alle voorzichtigheid overboord had gegooid.

Stefan knikte naar een van zijn collega's en die richtte zijn wapen op het plafond. Een daverend schot klonk en Iris liet zich gillend op de grond vallen. Patrick kroop op haar af en beschermde haar lichaam met het zijne. Ook haar moeder en Marjolein hadden zich op de grond geworpen en leken nu eindelijk ten volle te beseffen hoe precair de situatie was.

'Mag ik even ieders onverdeelde aandacht? Het wordt tijd dat jullie die kippenhokgesprekken even elders gaan voeren zodat wij even rustig met meneer de zakenman hier kunnen dealen. Onze vriend Michael is ons namelijk nogal wat centjes verschuldigd en dat ga jij voor hem oplossen.'

Stefans wapen zwenkte naar Patrick en bleef ter hoogte van zijn hartstreek hangen. Patrick kroop weg van Iris en de loop van het wapen volgde hem.

'Ik ga helemaal niets voor hem oplossen. Ik ken die vent niet eens. Ik ben het goed zat dat iedereen maar denkt dat ik een wandelende pinautomaat ben. Ik heb mijn geld eerlijk verdiend, dat zouden jullie ook eens moeten doen.' Patricks gezicht liep rood aan van woede. De angst die hij eerst had gehad, leek helemaal verdwenen.

Stefan deed twee stappen naar voren en plaatste de loop van zijn wapen op Patricks voorhoofd. 'Luister, vriend, Michael hier beweert dat hij jullie kent. Heel goed zelfs. En hoewel ik nooit had gedacht dat ik het zou zeggen over dat leugenachtige varken: ik geloof hem.'

'Hij liegt. Ik heb hem nog nooit van mijn leven gezien.' Patricks voorhoofd glom van het angstzweet, maar hij keek zijn aanvaller recht in de ogen.

Zonder zijn ogen van Patrick af te wenden, richtte Stefan zich tot Michael. 'Misschien zou je zo vriendelijk willen zijn om het een en ander toe te lichten?'

'We zijn familie,' mompelde Michael.

'Wat?'

'We. Zijn. Familie.'

'Natuurlijk,' zei Patrick cynisch. 'Ken jij deze vent, ma? Is dit een verre neef van je of zo?'

'Ik ken hem wel, maar hij is geen familie.'

'Lieg niet, Marjolein. Kijk naar hem en kijk naar mij. Het heeft geen zin om te ontkennen. Of ben je soms vergeten wat er toen gebeurd is?'

'Ma, waar heeft hij het over?'

'Luister niet naar hem, Patrick. Hij is een leugenaar, een slecht mens. Altijd al geweest.'

'Misschien heb je gelijk, Marjolein, dat ik slecht ben. Maar het wordt tijd dat je de waarheid vertelt.'

'Wat? Welke waarheid?' vroeg Patrick.

'Over wie je vader is.'

Even was het stil, toen begon Patrick te lachen. 'Man, ik weet toch allang dat ik geadopteerd ben, dat Gabriel niet mijn biologische vader is. Dat is Tom.'

Iris keek Patrick verbijsterd aan. Wát had hij gezegd?

'Tom? Mijn Tom?' hoorde ze haar moeder met trillende stem vragen. Het beetje kleur dat ze nog op haar gezicht had, was nu ook verdwenen.

Alle ogen waren op Marjolein gericht. Iris zag dat Michael iets wilde gaan zeggen, maar op dat moment knikte Marjolein met haar hoofd. 'Ja,' klonk het zachtjes.

Het duurde even voordat tot Iris was doorgedrongen wat dit betekende. 'Wat? Dus Patrick is mijn halfbroer?' Ze werd spontaan misselijk bij de gedachte dat ze haar halfbroer had proberen te versieren. Nu snapte ze wel waarom hij haar had afgewezen. En ineens snapte ze ook dat het aanbod van een baan en een woning geen toeval was geweest. Had hij haar in de gaten gehouden en was hij haar gevolgd naar Bergen zodat hij haar op straat 'toevallig' tegen het lijf kon lopen? Wanneer had hij haar willen vertellen dat ze familie waren? Bij de lunch?

Er klonk een schot en Michael viel schreeuwend op de grond. Hij greep naar zijn voet. Iedereen bleef als aan de grond genageld staan toen Stefan naar voren stapte.

'Niks aan de hand, gewoon een klein gaatje in zijn voet. Groeit vanzelf weer dicht. Nietwaar, Michael?'

De gewonde man stootte een kreun uit die met veel fantasie voor 'ja' kon doorgaan.

'Dat bedoel ik. Mensen, ik geloof dat we de aandacht weer een beetje laten verslappen, dus vandaar deze waarschuwing. Geloof me, ik heb er geen enkele moeite mee om dit te herhalen. Er zijn nog genoeg ongeschonden voetjes over.' Hij richtte zijn wapen op Iris' blote voeten en zwenkte het toen naar die van Patrick. Iedereen hield zijn adem in. 'Het lijkt hier goddomme wel een soap. Zo kan ik mijn werk niet doen. We sluiten hen op. Kijk even of er een kelder is.'

'Allemaal?' vroeg een van de mannen, terwijl zijn collega naar de gang liep op zoek naar een toegang tot de kelder.

'Ja, dan kunnen wij ons rustig voorbereiden zonder gestoord te worden. Als alles klaarstaat, halen we hem erbij.' Hij wees met een korte hoofdknik in de richting van Patrick.

'Wat doen we met Michael?'

'Stop hem er maar gezellig bij. Hij heeft die mensen wat uit te leggen, volgens mij. Bovendien heb ik geen zin om naar zijn gejammer te luisteren. Nu hij ons hiernaartoe heeft geleid, heeft hij voor ons geen waarde meer.'

'Dan kunnen we hem toch net zo goed meteen...' De man trok zijn wijsvinger langs zijn keel.

'Nee, dat doen we niet,' zei Stefan. 'Nog niet, in elk geval.' Hij haalde een laptop onder zijn kleren vandaan en sommeerde zijn handlangers de gegijzelden mee te nemen.

Achter elkaar liepen ze naar de gang, waar intussen een deur openstond. Iris stapte als eerste over de drempel en zag een betonnen trap die naar beneden leidde. Er brandde licht en onder aan de trap zag ze een metalen deur.

'Doorlopen,' zei een van de mannen.

Ze daalde de trap af tot ze niet meer verder kon. Op de deur zat een fors hangslot.

'Aan de kant.'

Een van de mannen duwde Iris opzij, richtte zijn wapen en schoot het slot met een oorverdovende knal in tweeën. Ze kon nog net op tijd haar handen voor haar oren doen, maar was desondanks even helemaal doof. Met een schelle, aanhoudende piep kwam het geluid weer terug in haar oren. Een voor een werden ze daarna de kelder ingeduwd, waarna de deur met een harde klap achter hen werd dichtgegooid. Het was pikkedonker. Ze hoorden dat de deur werd vergrendeld met een nieuw hangslot, waarna de mannen de trap weer op liepen.

Toen was het doodstil.

8

Op de tast liep Iris naar de lichtknop die zichtbaar was geweest bij het binnengaan van de kelder en drukte erop. Er klonk een zoemend geluid en er sprong een lamp aan.

'En toen was er in elk geval licht,' mompelde ze cynisch.

'Ik ben nog nooit in deze ruimte geweest,' nam Patrick het initiatief, 'dus laten we eerst kijken of er ergens een ontsnappingsmogelijkheid is.'

Met uitzondering van Mike onderzochten ze met z'n allen de ruimte, waar voornamelijk proviand en schoonmaakspullen stonden opgeslagen, en achter een rek vol flessen rode wijn vonden ze al snel een klein deurtje. Helaas was er met geen mogelijkheid beweging in te krijgen en Patrick trapte er gefrustreerd tegenaan. 'Hou eens op met dat gejank,' viel hij uit naar Mike, die als een baby zat te huilen om zijn gewonde voet.

'Het doet fokking pijn, man,' jammerde hij.

Haar moeder liep naar hem toe. 'Trek die schoen eens uit en laat mij ernaar kijken.'

Mike deed wat hem gevraagd werd en haar moeder pelde een groezelige, bebloede sok van zijn voet. Hij schreeuwde het uit toen ze de schotwond onderzocht.

'De wond moet verzorgd worden, zo te zien is de kogel erdoorheen gegaan,' zei ze afgemeten. 'Ik zal hem verbinden om zo veel mogelijk bloedverlies tegen te gaan, maar er moet wel op korte termijn naar gekeken worden.'

Met vaardige handen legde ze een noodverband aan van enkele doeken die ze had gevonden. Toen ze daarmee klaar was, stond ze op en richtte zich tot Marjolein.

'Goed, en nu ben jij ons geloof ik enige uitleg verschuldigd. Laten we het nog maar niet hebben over wat hierboven zojuist allemaal gebeurd is, maar beginnen met het feit dat je sowieso nog in leven bent. Dertig jaar lang heb je me in de waan gelaten dat je verdronken was. Hoe heb je dat kunnen doen? En waarom?'

'Het is ingewikkeld.'

'Ja, dat zal best. Maar dat maakt het niet minder wreed.'

Iris schrok van haar moeders woorden, van het venijn en de pijn die erin doorklonken. Marjolein was er ook duidelijk door van slag, want de tranen stonden in haar ogen en ze wist een tijdje niets uit te brengen.

'Het was de bedoeling dat jullie dachten dat ik verdronken was,' zei ze uiteindelijk, 'in plaats van verdwenen. Zo kon ik er zeker van zijn dat niemand naar me op zoek zou gaan. Daarom had ik mijn kleren en tas ook achtergelaten op het strand. Gaan zwemmen onder invloed van alcohol en toen vermoedelijk verdronken, dat moest de uitkomst van het politieonderzoek zijn.'

'Daar ben je dan goed in geslaagd. Maar de vraag is: waarom in godsnaam? Waarom ben je er op deze afschuwelijke manier tussenuit gepiept? Weten je ouders trouwens dat je nog leeft?'

'Nee, dat weten ze niet en dat wil ik ook graag zo houden. Je weet dat mijn band met hen niet al te best was. Inmiddels zijn ze gescheiden en hebben ze allebei een nieuw leven opgebouwd. Nieuwe gezinnen waarin geen plaats is voor mij.'

'Wat een onzin.'

'Nee! Dat is geen onzin! Lieve Nicole, ik wil je vragen eerst naar mijn verhaal te luisteren en dan pas te oordelen. Denk je dat je dat op kunt brengen?'

Haar moeder zweeg en staarde voor zich uit. Toen haalde ze diep adem. 'Ik weet niet of ik dat kan, maar ik zal het proberen.'

'Als je dan toch bezig bent, ma,' onderbrak Patrick hen, 'zou ik weleens willen weten waarom je me hiernaartoe bent gevolgd. Want ik mag aannemen dat je daarom ineens hier bent opgedoken.'

'En dan wil ik weten waarom deze klootzak hier' – Iris gaf Mike een duw – 'mij vanochtend lastigviel en nu komt opdagen met wat een neppistool blijkt te zijn en vier mannen in zijn kielzog die wapens bij zich dragen die wél heel erg echt zijn. Wat moet je in vredesnaam van Patrick? Van ons? En wie zijn die gasten daarboven?'

'Zij heeft alle antwoorden.' Mike wees naar Marjolein. Het maakte haar duidelijk nerveus dat alle ogen op haar gericht waren.

'Ik ben je inderdaad gevolgd naar Nederland, Patrick. Ik wist dat je al een tijdje onrustig was over je roots en Iris en Nicole op afstand volgde. Het overlijden van Tom maakte je alleen maar nog nieuwsgieriger naar hen en de behoefte aan contact werd met het jaar groter. We hebben het er weleens over gehad en ik zag het ook aan je. Dat opzetten van een nieuw bedrijf in Amsterdam... Dat was niet alleen zakelijk, dat was me wel duidelijk. Je wilde in de buurt van Iris en Nicole zijn om een vinger aan de pols te houden, mogelijk contact te leggen. Je weet dat ik dat die keren dat we het erover gehad hebben niet heb toegejuicht. Soms is het beter om het verleden te laten rusten.'

'Voor wie is dat beter? Voor jou? Het is toch niet zo gek dat ik mijn halfzus wil leren kennen, meer over mijn biologische vader te weten wil komen? Je weet dat ik Gabriel als mijn echte vader beschouw, hij heeft me als zijn eigen kind erkend en mijn hele leven goed voor me gezorgd. Hij staat nog steeds altijd voor me klaar, net als jij. Maar ondanks dat en alle liefde die ik van jullie heb gekregen, is er altijd iets blijven knagen. Een leegte die ik niet opgevuld kreeg, hoe hard ik daar ook mijn best voor deed. Ik wilde gewoon meer weten over mijn biologische vader. Of ik op hem leek, of we dezelfde karaktertrekken hadden. Aangezien jij me die informatie maar mondjesmaat gaf en me zelfs nooit een foto hebt laten zien, moest ik zelf op onderzoek uit. De vakantie van Iris en Nicole in Bergen gaf me de uitgelezen kans om met hen in contact te komen.'

En ik maar denken dat je me leuk vond, dacht Iris, maar het leek haar beter dit niet hardop te zeggen. 'Hoe wist je dat we in Bergen waren?' zei ze in plaats daarvan. 'Heb je ons laten volgen?'

'Ik wist het niet zeker, het was een gok. Ik heb acht jaar geleden naar jullie huis gebeld in de hoop Tom te spreken te krijgen. Jij vertelde me toen dat hij twee jaar daarvoor was overleden en dat jullie hem jaarlijks herdachten in Bergen tijdens Lichtjesavond. Dat heb ik goed in mijn oren geknoopt. Op de gok ben ik gisteren naar Lichtjesavond gegaan en daar zag ik jullie.'

'Je hebt me nooit iets verteld van dat telefoontje, Iris,' zei haar moeder met verwijt in haar stem.

'Nee, dat leek me beter. Elke keer als er iets gebeurde wat op de een of andere manier met papa te maken had, raakte je heel erg overstuur.'

Haar moeder keek haar alleen even aan en richtte zich toen weer tot Marjolein. 'Je was zwanger van Tom toen je verdween, of niet soms?'

Marjolein knikte.

'Wist hij het?'

Mike schraapte luidruchtig zijn keel en Marjolein keek nerveus zijn kant op voordat ze antwoord gaf.

'Ja, Tom wist het. Hij was er niet blij mee en wilde dat ik abortus liet plegen. De zwangerschap zou zijn hele uitgestippelde toekomst in duigen gooien. Je weet dat zijn ouders wilden dat hij net als zijn vader advocaat zou worden en later het familiekantoor zou overnemen. Dat ze hem nogal zaten te pushen. Tom werd er doodongelukkig van, maar durfde zijn ouders ook niet teleur te stellen. Althans, niet toen hij met mij was. Hij wilde zijn gedroomde perfecte leventje niet opgeven voor een kind dat helemaal niet de bedoeling was.' Ze keek naar Patrick. 'Sorry, ik had je dit willen besparen. Ik wilde voorkomen dat je gekwetst zou worden, daarom ben ik ook hierheen gekomen. Het leek me verstandig om in de buurt te zijn om eventueel in te grijpen en je te beschermen tegen de harde waarheid.'

'Je kunt me niet afschermen voor al het kwaad en alle teleurstellingen in de wereld. Ik ben niet meer je kleine jongen, maar een volwassen man. Oud en wijs genoeg om zelf afwegingen te maken.'

'Waarom heb je me niet verteld dat je zwanger was, Mar?' vroeg Iris' moeder. 'Ik dacht dat we alles deelden samen. Dat deed ik althans wel met jou.'

'Ik zag toch hoe verliefd je op Tom was, Nicole. Ook al beweerde je dat je eroverheen was gegroeid. Tegen de tijd dat we naar Benidorm gingen, waren Tom en ik eigenlijk al op elkaar uitgekeken. Ik stond op het punt om het uit te maken om jou en hem een kans te geven, toen ik ontdekte dat ik zwanger was. Dat veranderde alles. Ik had er nooit eerder over nagedacht, over de mogelijkheid dat ik zwanger zou raken, maar zodra ik het wist, wist ik ook zeker dat ik het kindje wilde houden. De baby was onze verantwoordelijkheid en verdiende een moeder en een vader. Hij mocht er niet de dupe van worden dat Tom en ik een keer onvoorzichtig waren geweest. Ik was hevig teleurgesteld dat Tom daar heel andere gedachten over had. Vanaf het moment dat hij het wist, probeerde hij me ervan te overtuigen dat abortus het beste was. Dat we het op een later tijdstip, als we onze levens goed op de rit hadden, nogmaals zouden proberen. God, wat hebben we een hoop ruzie gemaakt. Tom was zo'n stijfkop. Wilde geen millimeter van zijn standpunt afwijken, mij op geen enkele manier tegemoetkomen.

Uiteindelijk heb ik hem, vlak voor Benidorm, beloofd

abortus te ondergaan. De afspraak stond gepland voor wanneer we terugkwamen van vakantie. Hij had hem samen met zijn vader voor me gemaakt bij een bevriende gynaecoloog. Maar ik kon het niet. Er groeide een leventje in me! Een kindje dat mijn genen had, onschuldig en lief, en Tom en zijn familie vroegen me dat te vermoorden. Het druiste in tegen alles waar ik in geloofde. Toen ik aanklopte bij mijn eigen ouders voor support, kreeg ik wederom het deksel op mijn neus. De verhouding tussen mij en mijn ouders was al niet best en toen ik ze vertelde dat ik zwanger was, werd onze relatie ronduit slecht. Ik was de hoer van de familie, een schande. Ik voelde me zo in de steek gelaten door iedereen, stond er helemaal alleen voor.'

'Je had het met mij kunnen delen, Mar. Ik zou je gesteund hebben.'

'Weet je dat zeker, Nicole? Ik was bang jou ook kwijt te raken als ik het zou vertellen. Je was zo stapelgek op Tom.'

'Ik zou je gesteund hebben,' herhaalde Iris' moeder stellig.

'Misschien, maar ik wist het allemaal gewoon niet meer. In uiterste nood heb ik toen contact opgenomen met de zus van mijn moeder. Zij was een beetje het zwarte schaap van de familie. Net als ik, eigenlijk, we lijken erg op elkaar. Samen met haar verzon ik het plan om te verdwijnen. Het was de enige uitweg die ik kon bedenken: in het geheim een nieuw leven opbouwen. Als ik "gewoon" was verdwenen, hadden Tom en zijn ouders vast vermoed dat ik de abortus niet had doorgezet en ik weet niet wat er dan zou zijn gebeurd. Was Tom naar mij op zoek gegaan en had hij dan voor mij gekozen, of had hij me laten gaan om aan de verwachtingen van zijn familie te voldoen? Ik weet niet wat ik erger had gevonden. Als hij voor mij en ons kind had gekozen, zou hij daar later dan geen spijt van hebben gekregen? Zou het onze relatie – die eigenlijk toch al voorbij was – voorgoed hebben vergiftigd? Nee, het was beter als ik dood zou worden gewaand, dan kon iedereen verdergaan alsof er niets was gebeurd.'

'Maar dat konden we juist niet, Mar,' zei Iris' moeder fel. 'We waren compleet kapot van wat er met jou was gebeurd. Het heeft ons allemaal getekend voor de rest van onze levens. Het heeft mijn leven voorgoed veranderd.'

'Ja, dat besef ik. Maar ik had geen keuze...'

'Natuurlijk had je wel een keuze! Je had mij in vertrouwen kunnen nemen!'

'Mam! Dit heeft niet zoveel zin,' onderbrak Iris haar. 'Laat haar nou eerst haar verhaal vertellen, dan kun je daarna met je verwijten komen.'

Haar moeder keek haar boos aan, maar deed er het zwijgen toe. Het bood Marjolein de kans om verder te gaan.

'Op de avond dat jullie dachten dat ik verdronken was, heb ik de bus naar Zwitserland gepakt, waar mijn tante op dat moment woonde. Ze heeft me vanaf het moment dat ik daar aankwam liefdevol opgevangen en gesteund. Nog heel lang heeft ze geprobeerd me ervan te overtuigen dat ik toch mijn ouders en beste vrienden moest vertellen wat er was gebeurd, maar ik wilde het per se niet. En die wens heeft ze tot het allerlaatst toe gerespecteerd; ze is twee jaar geleden overleden. Ik ben haar ontzettend dankbaar voor alles wat ze voor me heeft gedaan, ze is meer een moeder voor me geweest dan mijn eigen moeder. Op de plek waar Tom had moeten zitten tijdens de bevalling, zat zij om mijn hand vast te houden, mee te puffen, het zweet van mijn gezicht te deppen.' Marjolein keek haar zoon nu voor het eerst recht aan. 'Toen je op mijn buik werd gelegd, en ik je hoorde huilen en voor het eerst je gezichtje zag, wist ik dat ik de juiste keuze had gemaakt. Wat een prachtkind was je, en dat ben je nog steeds.'

'En je noemde hem Patrick,' zei Nicole. Het was een vaststelling, geen vraag.

'Ja.'

'Vernoemd naar...'

'Ja, inderdaad.'

Iris keek van de een naar de ander, maar geen van beiden leek van plan dit verder toe te lichten. Ze verlegde daarom haar aandacht naar Patrick; misschien dat hij kon vertellen waar dit op sloeg. Hij keek op dat moment heel liefdevol naar zijn moeder, maar Iris meende ook nog iets anders in zijn ogen te zien. Pijn. Verwarring. Alsof hij niet kon bevatten wat er zojuist allemaal was verteld. Niet zo vreemd, dacht ze, het was ook wel wat veel om te verstouwen. Zou hij hier iets van hebben geweten? Hij wist dat hij geadopteerd was, dat was duidelijk, maar was hij ook op de hoogte van deze voorgeschiedenis?

'Vlak na Patricks geboorte ontmoette ik Gabriel en toen werd alles anders,' ging Marjolein verder. Ze richtte zich weer tot haar vriendin. 'Toen jij en Tom elkaar uiteindelijk toch vonden, was ik zo blij. En jullie liefde heeft zo'n mooie dochter voortgebracht. Jij verdiende hem meer dan ik.'

Iemand begon in zijn handen te klappen en ze keken allemaal verstoord de kant op waar het geluid vandaan kwam. Het was Mike.

'Je had schrijfster moeten worden, Marjolein, want mooie verhalen vertellen kun je zeker. Zal ik dan nu mijn versie van het verhaal vertellen?' Hij veegde met de rug van zijn hand het zweet van zijn voorhoofd. Zijn gezicht had een ongezonde, grauwgelige glans en was vertrokken van de pijn.

'Ik denk niet dat iemand geïnteresseerd is in jouw verhalen, Mike. Je hebt al genoeg schade aangericht. Vroeger was je al een rotzak en dat ben je nog steeds. Ik heb nooit begrepen waarom Tom zo met je dweepte en dat begrijp ik nog steeds niet.'

'Het interesseert me geen donder wat jij überhaupt begrijpt of vindt. Of jij vertelt die jongen hoe het echt zit, of ik doe het.'

'Waar heeft hij het over, ma?' Patrick stond met zijn armen over elkaar naar zijn moeder te kijken.

'Laat je niks door hem op de mouw spelden, jongen. Mike kletst al zijn hele leven uit zijn nek. Ik weet niet waar hij het over heeft.'

'Heb je het Tom ooit verteld?' ging Mike door. Hij kreunde en greep naar zijn voet toen er een nieuwe pijnscheut doorheen trok.

'Ik weet niet waar je het over hebt.'

'Dat weet je donders goed. Maar je laatste kans om zelf open kaart te spelen is een seconde geleden voorbijgegaan.'

Marjolein keek met een vijandige blik naar Mike, maar die was niet onder de indruk. Met veel pijn en moeite wist hij overeind te komen. Niemand voelde de behoefte om hem te helpen. Toen hij eindelijk stond, richtte hij zich tot Patrick.

'Je moeder kan prachtig vertellen, jongen, maar ze liegt. Tom is niet je vader. Dat ben ik.'

9

'Leugenaar!' riep Marjolein.

'Kijk dan zelf. Die jongen lijkt als twee druppels water op me. Tom had een Indische achtergrond. Zie je daar ook maar iets van terug in die jongen, zoals bij Nicoles dochter?'

Patrick streek met een zorgelijk gezicht door zijn haren. Het was duidelijk dat hij nadacht over de woorden van Mike, ondanks de glasharde ontkenning van zijn moeder.

'Waarom denk je dat je mijn vader bent? Hebben jij en mijn moeder ooit...'

'Geketst? Jazeker. Eén keertje maar, in een dronken bui, maar het was meteen raak. Ben ik best trots op.'

'Ma?'

Marjolein hield haar hand voor haar mond. In haar ogen stond angst te lezen.

Mike grinnikte. 'Geef nou maar toe, Marjolein. Het heeft geen zin om nog langer te ontkennen.'

'Ma, is het waar wat hij zegt?' Patrick klonk wanhopig.

'Heb je Tom bedrogen met hém?' ging Iris' moeder er nog eens overheen.

Marjolein deed een stap naar achteren, voelde zich duidelijk in het nauw gedreven.

Aan Patricks gezicht was te zien hoe verward hij was. 'Die kerel heeft gelijk, er valt inderdaad niks Indisch aan mij te ontdekken. En ik heb gisteravond een foto van Tom gezien en er was werkelijk niets in zijn gezicht waarin ik mezelf terugzag.'

'Patrick, je mag niet geloven wat deze man zegt,' zei Marjolein met trillende stem. 'Hij wil je alleen maar voor zijn karretje spannen.'

'En als ik mijn haar niet zou verven, zou het net zo blond zijn als dat van hem.' Patrick wees naar Mike.

'We kunnen natuurlijk altijd een DNA-test laten doen,' stelde Mike voor.

'Ja, dat is misschien wel een goed idee, dan weten we het zeker,' zei Patrick.

Marjolein liet haar hoog opgetrokken schouders langzaam zakken. 'Is dat echt wat je wilt, jongen?'

'Ik wil de waarheid weten. Daar heb ik recht op.'

Marjolein knikte. 'Goed dan, het is niet anders. Hoe ben je erachter gekomen, Mike?' Haar stem klonk verslagen en alle kracht leek uit haar lijf te zijn weggevloeid.

'Het is dus waar? Niet te geloven. Mijn vader is dus degene die net een pistool op me richtte om me geld af te troggelen. Goed gedaan hoor, ma, mijn complimenten,' zei Patrick cynisch.

'Mar, hoe kon je?' bemoeide Iris' moeder zich ermee. 'Met hém, nota bene! Jij die alles had en nog was het niet genoeg. Nog moest je mensen pijn doen.'

'Tom heeft het nooit geweten.'

'Dat is maar goed ook, want hij had het niet kunnen verdragen. Hij is je nooit vergeten, Marjolein. Ik was slechts tweede keus en dat ben ik altijd gebleven.'

'Mam, daar gaat het toch helemaal niet over!' riep Iris uit.
'Daar gaat het wél over. Tom en ik hebben uiteindelijk afgesproken om niet meer over haar te praten. Om te doen alsof ze nooit bestaan had. Je was voor ons allebei zo bijzonder, Mar, maar het verdriet om jou konden we niet samen delen. Het mondde altijd uit in ruzie. Toms onvervulde verlangens. Mijn jaloezie. Het heeft ons bijna ons huwelijk gekost. En al die tijd was je gewoon nog in leven! In Zwitserland leidde jij je heerlijke nieuwe leventje, terwijl wij hier in Nederland door een hel gingen.'

De beschuldiging bleef in de lucht hangen en iedereen keek naar Marjolein, die verslagen naar de grond staarde.
'Ik weet het,' zei ze uiteindelijk.

'Weet je wel hoe schuldig ik me al die jaren heb gevoeld?' Iris' moeder fluisterde nu bijna. 'Hoeveel verwijten ik mezelf heb gemaakt? Had ik iets kunnen doen om het te voorkomen? Waren er signalen geweest die ik had gemist? Als ik die avond in Benidorm meteen achter je aan was gegaan, was het dan anders gelopen? Heb ik wel goed genoeg gezocht? Vragen die Tom me ook jaar in jaar uit voor de voeten bleef werpen. Hij heeft het nooit letterlijk gezegd, maar hij heeft het me altijd verweten dat ik je niet heb gered. En nu wil ik weleens weten: was het het allemaal waard?'

'Je wilt niet weten van hoeveel dingen in mijn leven ik spijt heb, Nicole, maar ik heb nooit, maar dan ook nooit, spijt gehad van de beslissing om Patrick te houden. Het spijt me dat ik niet eerlijk tegen je ben geweest, jongen. Het zal voor jou moeilijk zijn om te begrijpen, maar ik heb het allemaal voor jou gedaan. Ik wilde je beschermen tegen

deze afschuwelijke... man is een te groot woord voor hem.'
Vol walging keek ze naar Mike. 'Ik schaamde me er zo voor dat ik me in een dronken bui had laten gaan. Het stelde niks voor, het was voorbij voordat we er erg in hadden.'

'Dus het moment van mijn verwekking stelde niks voor en was een van de onbeduidendste momenten in je leven, kan ik het zo samenvatten?' zei Patrick. Hij was duidelijk gekwetst.

'Je moet niet alles wat ik zeg zo letterlijk nemen. De seks met hem' – Marjolein keek opnieuw met een minachtend gezicht naar Mike – 'stelde inderdaad niet veel voor, maar wat eruit voortkwam, is het mooiste wat me ooit is overkomen. Je was mijn eerste kindje. Voor jou heb ik mijn leven en alles wat ik in Nederland had opgegeven.'

'Maar waarom bleef je volhouden dat Tom mijn vader was?'

'In eerste instantie dacht ik ook dat hij dat was. Ik bedoel, wat was nou de kans dat ik juist van Mike zwanger was geraakt? Het was maar één keer! Ik was al een paar maanden met Tom, dus het moest wel haast van hem zijn. Dat heb ik mezelf zo vaak ingeprent, dat ik het vanzelf ging geloven. Het was de enige manier om het schuldgevoel dat ik tegenover Tom had te verdringen. Pas na je geboorte, toen de gelijkenis met Mike niet meer viel te ontkennen, wist ik beter. Ik vond het vreselijk en besloot de leugen in stand te houden. Het klinkt stom, maar door mezelf en jou voor de gek te houden, werd het leefbaarder. Alsof ik mijn slippertje had uitgewist.'

'Sommige mensen noemen dat "je kop in het zand steken",' zei Iris' moeder cynisch.

'Ik weet het.' Marjolein boog beschaamd haar hoofd.

Iris had het hele verhaal in opperste verbazing aangehoord. Ze wist gewoon niet meer wat ze van dit alles moest denken. Maar één ding wist ze wel heel zeker: hun situatie was nog steeds zeer penibel.

'Ik weet niet hoe het met jullie zit, maar ik ben nog niet vergeten dat we hier in een kelder zijn opgesloten door vier gewapende mannen en dat ze elk moment terug kunnen komen om Patrick op te halen. Aangezien Mike die gasten lijkt te kennen, lijkt het me een goed idee dat hij ons gaat vertellen wie ze zijn en wat ze precies willen. Dat lijkt me op dit moment de allerhoogste prioriteit te hebben.'

'Iris heeft gelijk,' beaamde Patrick.

Met z'n allen, alsof het was afgesproken, namen ze plaats rondom Mike, die kort daarvoor weer was gaan zitten.

'Vertel op, of moet ik even op je voet gaan staan om je wat loslippiger te maken?' Dreigend tilde Iris haar been op.

'Oké, oké, je hoeft niet zo agressief te doen. Ik heb een gokschuld van een kwart miljoen bij die gasten. Ik ben iets te enthousiast geweest.'

Iris' ogen rolden bijna uit haar kassen. 'Iéts te enthousiast, noem je dat?'

'Over twee dagen loopt de terugbetalingstermijn af, dus ik dacht dat ik Patrick hier wel kon vragen om zijn vader te helpen met wat centjes.'

'Door een pistool tegen zijn hoofd te zetten?' vroeg Iris verbaasd. 'Dacht je nou echt dat...'

'Hoe ben je te weten gekomen dat ik jouw zoon ben?' onderbrak Patrick haar. 'Je wist niet beter dan dat mijn moeder dood was en je was er niet van op de hoogte dat ze zwanger was toen ze verdween.'

'Nou, dat is een grappig verhaal.'

'Ik kan niet wachten.'

Mike schraapte zijn keel. 'Een paar weken geleden was ik op weg naar Italië voor een pokertoernooi. Toen ik door Zwitserland reed, kreeg ik autopech en moest ik noodgedwongen een hotel pakken terwijl mijn auto bij de garage stond. Goed klote, want ik miste daardoor het toernooi. Nou, toen ik op bed wat tv lag te kijken, kwam er bij het zappen ineens een foto in beeld van een hoogblond jongetje. Ik geloofde mijn ogen gewoon niet. Het was alsof ik naar een foto van mezelf zat te kijken. Als twee druppels water. Het was een documentaire over een Zwitserse internetmiljonair, ene Patrick Schneider, en hij was die jongen op de foto. Ik had natuurlijk nog nooit van hem gehoord, maar terwijl ik me nog lag te verbazen over de gelijkenis tussen die jongen en mezelf, kwam er nog een foto voorbij en toen ging er een lampje branden. Op die foto stond namelijk zijn moeder. Iemand die ik wél kende uit een ver verleden. Iemand van wie ik dacht dat ze dood was. Nou, en toen was het niet zo moeilijk meer om één en één bij elkaar op te tellen. Ik had al dertig jaar een zoon van wie ik niet wist dat hij bestond. Een zoon die stinkend rijk was en die al mijn geldproblemen in één keer kon oplossen.'

'Dan snap ik nog steeds niet waarom je hem met een pistool probeerde te dwingen geld over te maken,' zei Iris. 'Had je niet beter gewoon kunnen aankloppen en zeggen:

hoi, je weet het niet, maar ik ben je biologische vader en ik kan wel wat hulp gebruiken?'

'Dat was eigenlijk ook de bedoeling, maar ik kwam een beetje in tijdnood te zitten en ik wist natuurlijk niet precies wat zijn moeder over me had gezegd, dus toen dacht ik: laat ik het proces maar een beetje versnellen.'

'Slim ben je nooit geweest,' zei Marjolein. 'En hoe komen die vier klootzakken dan hier terecht?'

'Nou, dat zit zo: ik heb dus die gokschuld bij deze mensen en op een gegeven moment was de situatie nogal... dreigend, zullen we maar zeggen, en toen heb ik me misschien laten ontvallen dat ik een rijke zoon had die het geld ging regelen. Daar zijn ze iets te enthousiast van geworden. Ze moeten me hiernaartoe zijn gevolgd met het idee om hem nog meer geld af te troggelen dan die tweeënhalve ton. Sorry.'

'Wat ben je toch een ongelofelijke lul, Mike. Het eerste waar jij aan denkt als je erachter komt dat je een zoon hebt, is geld en hoe je hem voor je karretje kunt spannen.'

'Smartengeld, Marjolein, omdat ik dertig jaar geen deel uit heb gemaakt van zijn leven. Wat denk je dat dat met een vader doet? Ik heb er gewoon recht op.'

'Jij hebt helemaal nergens recht op. Over mijn lijk dat je ooit een cent van hem krijgt.'

'Mag ik misschien ook nog wat zeggen?'

Voordat Patrick de kans kreeg om verder te gaan, klonk er gerammel aan het slot. In paniek zochten ze allemaal beschutting achter de wijnrekken. De deur vloog open en twee van de mannen kwamen de kelder binnen met hun wapens in de aanslag. Ze grinnikten toen ze zagen waar Iris en de anderen zich hadden verstopt.

'Ik zou me ergens anders achter verschuilen, als ik jullie was,' zei de voorste van de twee en hij vuurde een reeks schoten af op een rek waar niemand achter stond. Het geluid van brekend glas en gekrijs vulde de ruimte terwijl de kogels gaten sloegen en afketsten tegen de achterliggende muur. Op de grond verspreidde zich een steeds groter wordende bloedrode vlek terwijl de geur van alcohol de ruimte vulde.

Haastige voetstappen klonken op de trap en de andere twee mannen voegden zich bij hun maten in de kelder.

'Wat is er aan de hand?' vroeg een van hen. Iris herkende de stem van Stefan.

De schutter lachte. 'Niks, ik gaf ze alleen even een waarschuwing.'

'Hou je in. Dat simpele gedrag van jou gaat ons nog eens de kop kosten.'

De man liet zijn wapen zakken en ontspande een beetje.

'Meneer de zakenman, meekomen,' zei Stefan.

Patrick dook verder weg achter het wijnrek en maakte geen aanstalten om te gehoorzamen.

'Prima, wat jij wilt.'

Stefan liep naar het rek waar Iris achter stond en trok haar er aan haar arm achter vandaan terwijl een van zijn handlangers haar onder schot hield. Ze durfde niet tegen te stribbelen en beefde van angst.

'Of je komt vrijwillig mee of we doen met dit meisje hetzelfde als met die flessen wijn.' Hij wees naar het kapotgeschoten glas. 'Aan jou de keuze.'

Patrick gaf zich gewonnen en kwam met zijn handen in de lucht uit zijn schuilplaats.

'Als hem iets overkomt, dan knijp ik je met mijn blote handen dood,' siste Marjolein tegen Mike.

'Laat haar gaan,' zei Patrick. 'Ik zal alles doen wat jullie zeggen onder voorwaarde dat we hier allemaal levend vandaan komen.'

'Je bent niet in de positie om te onderhandelen, vriend. Wij zijn nog altijd degenen met de wapens en in mijn wereld zijn mensen met wapens de baas.'

'Laat haar gaan,' herhaalde Patrick ijzig kalm.

'We nemen haar ook mee. Ze heeft nogal een goede invloed op je. Je luistert vast beter als we haar af en toe wat met een loop in haar nek kietelen.'

Stefan liet Iris los en pakte Patrick ruw beet, en duwde hem toen voor zich uit terwijl hij de loop van zijn automatische wapen stevig in zijn rug duwde. 'Ik hoef maar één keer de trekker over te halen en je bent voor de rest van je leven verlamd.'

Zijn collega die Iris onder schot had, prikte haar nu ook met zijn wapen. 'Voor jou geldt hetzelfde, dus wees gewaarschuwd.'

'Jullie blijven hier om dit zooitje ongeregeld een beetje koest te houden,' sprak Stefan de overgebleven twee mannen toe. Ze knikten instemmend en stelden zich aan weerszijden van de deur op.

'Jullie drie,' zei een van hen tegen Mike, Iris' moeder en Marjolein. 'Hier in het midden op de grond gaan zitten zodat we jullie goed in de gaten kunnen houden.'

Zowel Marjolein als Iris' moeder huilde toen Iris en Patrick werden afgevoerd en de deur weer op slot werd gedaan.

'Ik hou van je, mam,' gilde Iris zo hard als ze kon.

Maar er kwam geen antwoord.

10

Op de tafel in de zitkamer stond een laptop te zoemen. Stefan dwong Patrick op een stoel te gaan zitten en ontgrendelde het scherm met een wachtwoord. Iris deed een poging om mee te lezen met wat hij intypte, maar kon het na twee toetsaanslagen al niet meer volgen. De dingen die daarna op het scherm verschenen waren eveneens abracadabra voor haar. Aan zijn gezicht te zien had Patrick er meer kaas van gegeten.

'Michael heeft tweeënhalve ton schuld bij me. Die ga jij nu naar me overmaken, plus zevenenhalve ton aan rente en onkostenvergoeding. Totaal één miljoen. Doe je dat niet dan knallen we dat hoofdje van haar eraf en mag jij haar hersenen van de muur schrapen. Op dit papier staan de instructies die je moet opvolgen.'

Iris zou willen schreeuwen dat hij niet moest bezwijken onder de druk, zich niet moest laten chanteren, maar de woorden bleven steken in haar keel. Wat ongetwijfeld te maken had met het automatische wapen dat nadrukkelijk op haar was gericht. Dit was niet het moment om bijdehand te doen. Er was geen enkele manier om te ontsnappen. Patrick was duidelijk dezelfde mening toegedaan en begon zonder verder te protesteren het instructievel door te lezen en typte daarna iets in. Er klonk een piepje en het scherm vertoonde nu iets wat leek op een online bankomgeving. Voor zover Iris kon zien tenminste. Patrick keek op en leek iets te willen zeggen. Een blik op haar angstige gezicht en de wapens was echter genoeg om hem zijn woorden te laten inslikken. Met een geconcentreerd gezicht ging hij verder met het intypen van de codes die op het instructievel stonden. Na een minuut of tien keek hij op.

'Nu hoef je alleen nog maar op enter te drukken en dan wordt de transactie in gang gezet.'

'Ik zal dit moeten verantwoorden aan mijn board, dat besef je toch wel, hè?'

'Tegen die tijd zijn wij allang weer gevlogen en dankzij dit uitstekende programmaatje vind je dat geld nooit meer terug. En weet je wat nou het mooie is? Wij weten jou wel te vinden. Dus als ik nog eens iets tekortkom of die vader van je weet zich weer niet te gedragen...' Het leek erop of de man knipoogde, maar door zijn bivakmuts was dat niet met zekerheid te zeggen. 'Nou, vooruit. Druk op enter.'

Patricks hand zweefde boven het toetsenbord en bleef hangen boven de knop die hem in één klap een miljoen armer zou maken. Net toen hij zijn wijsvinger naar beneden bracht, klonken er schoten. Het geluid kwam uit de kelder.

'Mama!' krijste Iris.

Patrick liet zich in een reflex schuin van zijn stoel vallen en zocht dekking onder de tafel. Stefan vloekte hartgrondig en drukte zelf op de enterknop. Daarna sleurden hij en zijn partner hun gevangenen met zich mee richting het geluid van de schoten. Op dat moment klonk achter hen een oorverdovend gerinkel van glas. Enkele in donkere gevechtskleding gestoken mannen met zwarte maskers en helmen op stormden met volautomatische wapens in hun handen door de glazen deuren die aan het terras grensden. Iris zag twee traangasgranaten op de grond landen, die meteen begonnen te sissen. Vrijwel meteen nadat het gas vrijkwam, begonnen haar ogen en luchtpijp intens te prikken. Ademhalen lukte nauwelijks en ze zag niets meer. Hoestend viel ze op de grond en greep naar haar ogen en keel.

Iemand pakte haar vast en sleurde haar mee. Ze botste ergens tegenaan en werd weer voortgetrokken. Hoe graag ze het ook wilde, ze kon zich niet verzetten door het gebrek aan zuurstof en haar hevig tranende en brandende ogen. Ze werd opgetild en over een schouder geworpen. De man rende verder met haar. Gehoest, geschreeuw, gevloek. Nog meer schoten. Ze voelde wind langs haar gezicht strijken en de man die haar had gedragen legde haar op haar rug op een harde ondergrond. Er werd iets op haar gezicht geduwd wat een sissend geluid maakte. Een koude vloeistof werd in haar ogen gegoten. Het prikken nam wat af en het ademen leek iets makkelijker te gaan.

'Politie, je bent in veiligheid,' zei een stem.

Ze wilde om haar moeder roepen, maar het ding op haar gezicht belette haar om iets verstaanbaars te produceren. Ze probeerde zichzelf ervan te bevrijden, maar iemand pakte haar handen vast. Het ding werd nog steviger op haar gezicht geduwd. Ze schopte met haar benen, verzette zich met hand en tand. Een pijnlijke prik in haar arm en ze werd draaierig. Voelde alle kracht uit haar lichaam wegvloeien. Het lukte haar nog even om op de rand van bewustzijn te balanceren. Toen viel ze ervan af.

11

'Liefje, is alles goed met je?'

Een bekende stem drong door tot Iris' bewustzijn en ze probeerde haar ogen te openen. Het ging niet makkelijk en haar zicht was troebel. Haar ogen, de slijmvliezen in haar neus en keel voelden zwaar geïrriteerd aan, alsof ze een fikse verkoudheid te pakken had. Iemand zette haar rechtop. Haar hoofd vulde zich met herinneringen en een stoot adrenaline trok door haar lichaam. Verwilderd keek ze om zich heen.

'Mama!' Haar stem klonk alsof ze zwaar aan de whisky had gezeten.

'Ik ben hier, schat. Alles is goed met me.'

Iris begon te huilen van opluchting toen ze het gezicht van haar moeder zag. 'Ik was zo bang dat ik je nooit meer terug zou zien. Ik hoorde schoten en... toen kwamen die mannen door de glazen pui en...'

'Rustig. Rustig maar.'

'Hoe... Wat... Patrick en Marjolein?'

'Die zijn ook in orde. Een arrestatieteam van de politie heeft ons bevrijd uit de kelder voordat het echt uit de hand liep.'

'Wat? De politie?'

'Ja, en weet je wie de leiding had over dat team? Peter-Jan!'

'Peter-Jan? Je bedoelt die suffe politieagent die jij van vroeger kent en die we gisteren in het dorp tegenkwamen?'

'Die ja. Hij is kennelijk lang niet zo soft als ik altijd heb gedacht.'

'Hoe wist hij nou...'

'Marjolein. Zij heeft hem gewaarschuwd dat er een gemaskerde man rondliep bij Villa Zuidenwind. Toen ze daarna jouw noodoproep op het raam zag staan, heeft ze meteen actie ondernomen. Het leek haar beter om niet met ons te delen dat de politie onderweg was. Ze wilde niet het risico lopen dat de mannen zich op een inval konden voorbereiden of zouden vluchten.'

'Maar hoe wist Marjolein dat die Peter-Jan bij de politie zat?'

'Ze was Patrick gevolgd op Lichtjesavond en voordat hij ons aansprak, zag ze mij praten met Peter-Jan. Ze herkende hem meteen van vroeger. Omdat hij een uniform droeg en aan het patrouilleren was, nam ze aan dat hij hier op het bureau werkte. Toen ze 112 belde, heeft ze zijn naam genoemd als agent die snel ter plaatse zou kunnen zijn. Toen is het balletje gaan rollen. Wat Marjolein niet wist, en ik trouwens ook niet, was dat Peter-Jan geen gewone agent is, maar undercover rondliep namens de Dienst Speciale Interventies. Hij zat al een tijdje achter Mike aan omdat hij contacten had met een bende criminelen.'

'De mannen die Patrick dat miljoen afhandig wilden maken?'

'Inderdaad. Zij staan weer in contact met een bende echt grote jongens uit Oost-Europa, maar vierden vandaag even hun eigen feestje. Ze dachten via Mike een extra zakcentje mee te pikken zonder de grote bazen daarvan op de hoogte te brengen. Niet verstandig, want door hun hebberigheid heeft Interpol nu ook voldoende sporen om de top van die andere bende te arresteren. De Nederlandse politie pluist nu samen met Interpol die laptop uit waar ze Patrick een transactie mee hebben laten doen. Staat vol met waardevolle informatie, als ik Peter-Jan mag geloven.'

Iris grinnikte. 'Dus die Peter-Jan die jij altijd een beetje een sukkel vond, is de held van de dag?'

Haar moeder knikte en haar ogen glinsterden. Iris trok haar conclusies, maar besloot ze nog even voor zichzelf te houden.

'Maar hoe heeft hij jullie in godsnaam uit die kelder weten te bevrijden? De enige uitgang was dat deurtje achter dat wijnrek waar geen beweging in was te krijgen.'

'Achter dat deurtje zat een geheime ondergrondse tunnel die is aangelegd door de Duitsers in de Tweede Wereldoorlog. Maar weinig mensen weten dat, maar de politie had contact gezocht met de geschiedkundige vereniging van Bergen voor bouwtekeningen en die mensen daar waren van de tunnel op de hoogte. Via die tunnel is het arrestatieteam met grof geschut binnengevallen. Het deurtje was vanaf de andere kant wel open te krijgen.'

'En die schoten die ik hoorde?' Iris voelde haar tranen weer opkomen. 'Ik was zo bang dat jou iets was overkomen.'

'Gerichte schoten op de gijzelnemers. Ze waren meteen uitgeschakeld.'

'En Mike?'

'Gearresteerd, samen met zijn vriendjes. Schreeuwde moord en brand bij de gedachte dat hij mogelijk samen met hen in de gevangenis zou belanden. Doodsbang dat ze hem zouden "afmaken". Zijn eigen woorden.'

'Nou, van mij mogen ze. Dankzij hem waren we er bijna geweest. Waar zijn Patrick en Marjolein nu?'

'Patrick wordt verderop behandeld – hij had ook last van het traangas – en Marjolein is bij hem.'

'Maar hij is oké, toch?'

'Ja, hij is net als jij met wat slijmvliesirritatie en de schrik vrijgekomen.'

'Help me eens overeind, ik wil naar hem toe.'

'Niet nodig, hij komt al naar jou.'

Iris zag over de schouder van haar moeder Marjolein en Patrick hun kant op lopen. Peter-Jan was bij hen. Hij had een heel andere uitstraling dan toen ze hem gisteren in het dorp waren tegengekomen – zelfverzekerd, zelfs stoer. Iris zag haar moeder naar hem kijken en weer verscheen die twinkeling in haar ogen.

'Misschien moet je toch maar eens ingaan op zijn voorstel?'

'Huh?'

'Voor dat etentje. Om bij te kletsen. Volgens mij valt er best wat te bespreken.'

Iris knipoogde en haar moeder lachte. 'Ja, wie weet doe ik dat wel, ja.'

Marjolein en Peter-Jan bleven staan toen Patrick naar Iris liep. Haar moeder kneep even in haar hand en voegde zich discreet bij hen.

'Ik ben zo ongelofelijk blij je weer te zien,' zei Patrick. Hij boog zich over Iris heen en omhelsde haar. Ze sloeg haar armen om hem heen en drukte hem tegen zich aan. Snoof zijn aftershave en een vleugje zweet op. Langzaam liet hij haar los en legde zijn hand op haar wang. Streelde met zijn duim zachtjes haar huid. Iris sloot kort haar ogen.

'Zeg, nu we toch geen familie blijken te zijn...'

Hij boog zich naar haar toe en kuste haar op haar mond. Trok zich toen een stukje terug. 'Ik vond je al leuk vanaf het eerste moment dat ik je gisteren zag. Dat kaarslicht op je gezicht: je leek wel een engel. Maar het kon niet, je was mijn halfzus...'

Iris keek hem met rode, geïrriteerde ogen aan. Die van hem waren net zo rood. 'Ik zou Mike bijna dankbaar zijn. Zonder hem hadden we nooit geweten dat we geen halfbroer en -zus zijn.' Nu nam zij het initiatief en kuste hem vol overtuiging terug.

'Ik weet niet hoe het met jou zit, maar ik heb er enorm veel behoefte aan om even uit te waaien aan het strand,' zei Patrick na een kus die wel een uur leek te duren. 'Ga je mee?'

'Met jou altijd.' Iris stond op en lichtte haar moeder in.

'Veel plezier. Marjolein en ik gaan even een hapje eten met Peter-Jan.'

'Zorg er dan wel voor dat die vriendin van je niet weer een kerel van je afpakt,' zei Iris quasiserieus.

Marjolein lachte als een boer met kiespijn, maar Nicole schaterde het uit.

'Ik zal erop letten.'

Iris liep naar Patrick toe en pakte zijn hand. Ze liepen het pad naast Villa Zuidenwind af richting het strand. Met hun armen om elkaar heen geslagen wandelden ze langs de branding en streken uiteindelijk neer bij een strandtent. Uit de speakers op het terras zongen Bill Medley en Jennifer Warnes de sterren van de hemel.

Now I've had the time of my life...